大江戸料理競べ

料理人季蔵捕物控

和田はつ子

時代小説文庫

角川春樹事務所

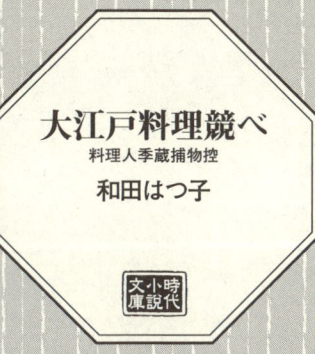

目次

第一話　新年福茶話

一

日本橋は木原店《きはらだな》にある一膳飯屋《いちぜんめしや》塩梅屋《あんばいや》では、普段の日は夕刻からだというのに、毎年、正月三箇日に限っては朝から店を開ける。大晦日《おおみそか》、腰高障子の前に控えていて、除夜の鐘が鳴り終えないうちに、注連飾《しめかざ》りの横に暖簾《のれん》を掛ける。亡き主《あるじ》長次郎《ちょうじろう》が決めた流儀で、

長次郎の後を継いで主となった季蔵《としぞう》も、これに倣《なら》い、戸口で暖簾を抱えて耳を澄ましながら新年を迎えた。

この後もしばらく、時の過ぎるのを待つ。

七ツ（午前四時頃）の鐘が鳴り終わったところで、季蔵は外の井戸へと向かった。若水を汲《く》むためである。

〝若水に手桶《ておけ》も帯に七五三《しめ》飾り〟と川柳にあるように、井戸にはすでに、戸口同様の注連飾りが張りめぐらされ、新調の手桶にも小さな輪飾りがついている。

隣りの煮売り屋と顔が合った。

年頭だというのに目礼だけで挨拶《あいさつ》を済ます。若水を汲みに出る時は、会った相手と言葉を交わさないのがしきたりであった。

汲んできた若水は、どこの家でも、まず神棚に供え、そのあと口をすすいだり、茶を淹《い》れたり、煮炊きに使う。だが、塩梅屋では、神棚に供えたままにしておく。客が訪れるまで使わない。これも長次郎流であった。

「塩梅屋があって、お客様が来てくださるんじゃない。お客様がお寄りくださるんで、何とか、こんな小さな店も商っていられるんだ」

というのが長次郎の口癖だったからである。

「人が寄り合う年始は、楽しいものだろうよ。けど、それなりに気遣いで疲れる。よそいきじゃねえ、普段着の顔で、愚痴を洩《も》らしたり、馬鹿話で盛り上がれるところがねえのは、切ないもんだ」

とも言った。

塩梅屋では師走《しわす》の晦日には食積《くいつみ》を飾る。

食積とは京阪では蓬莱《ほうらい》飾りとも言い、三方《さんぼう》の中ほどに松竹梅を置き、予算に合わせて、白米、橙《だいだい》、蜜柑《みかん》、栗《くり》、干柿、昆布、伊勢《いせ》海老《えび》等を積み、裏白《うらじろ》、ゆずり葉などで仕上げた縁起食である。塩梅屋では、この食積におき玖《く》の炒《い》った長次郎仕込みの正月あられを筆頭に、多種の品を並べる。そして正月料理は、季蔵、おき玖、三吉《さんきち》の三人で、大晦日一日で仕上げるのが常であったが、この大晦日は違った。おき玖が長次郎に厳しく仕込まれた魚のすり身に卵を加え、調味して焼いた伊達巻《だてまき》や身欠き鰊《にしん》、焼鮒《やきぶな》などを芯《しん》にして昆布で巻き、煮含めた昆布巻きという得意料理だけでなく、ほかのものも一人で作ると言い出したのである。晦日から忙しく立ち働いたせいか、ほんのり上気した顔は、いつになく、うれしそうで活き活きして見える。

おき玖は色こそ白くはなかったが、黒目勝ちの大きな目に、時折炎が燃え立つような輝きが宿った。器量好しで勝ち気なだけではなく、当人が持て余すほど情が深いのである。

「お重に詰めずに、お皿に取り除けておいたのを、突《つつ》いてみて感じたことを言ってちょうだい」

おき玖は正月料理が並んでいる皿と箸《はし》を、季蔵に渡した。

――いつもとは逆ね――

季蔵の作った試作をおき玖が味見するのが常であった。

長四角の大きな皿の上には、縁起物の食材を使った、さまざまな料理が載っている。

子孫繁栄の願いがこめられている、戻した干数の子、江戸ではわざと表面に皺《しわ》が寄るように煮上げる黒豆、その姿が腰の曲がった長寿の老人を連想させることから、〝千代呂木《ちよろぎ》〟と字が当てられ、目出度《めでた》いよう赤い食紅で染められたちょろぎ、カタクチ鰯《いわし》の稚魚の佃煮《つくだに》で、田植えの祝儀肴《さかな》である田作《たづく》り、等――。

「どうかしら？」

箸を口に運ぶ季蔵の顔からおき玖は目を離せずにいる。

おき玖はそっと、自分の胸を押さえて、

――胸がどきどきするのは、味が気にかかるからだわ――

言い聞かせたが、まだ動悸《どうき》は止《や》まない。

――きっと、普段と違う役割のせいね――

「どれもなかなかいい味です」

数の子、黒豆、ちょろぎ、田作りを平らげたところで、季蔵は箸を休めた。

「これから、おとっつぁんに新年の挨拶を済ませましょ」

季蔵はおき玖に促されて、仏壇のある離れへと向かった。

二人して線香をあげ、重箱の正月料理を供えて手を合わせる。

――これって、まるで夫婦のよう――

おき玖はまた、胸がどきどきしてきた。

――でも、やっぱり切ない――

店に戻ったおき玖は、

「季蔵さん、これ」

風呂敷《ふろしき》に包んだ、もう一つの重箱を差し出した。

「それでは行ってきます」

季蔵は重箱を手にして店を出た。

外はまだ薄暗い。肌を切るような寒さが身に沁《し》みた。

季蔵が向かっているのは生家のある表六番町ではなかった。

季蔵は元武士だった頃の名を、堀田季之助《ほったとしのすけ》と言い、止むに止まれぬ事情で主家を出奔《しゅっぽん》、すぐに食うや食わずとなり、饅頭《まんじゅう》を盗むほど難儀していたところを、長次郎に助けられ、料理人季蔵として生き直すこととなったのである。

生家ではすでに季蔵は死んだものとされ、主家に届けが出ている。どのような事情であれ、主家からの出奔は御法度《ごはっと》、追っ手が掛かれば斬《き》り捨てられる運命の季蔵であった。

季蔵は南茅場町《みなみかやばちょう》にある、小綺麗《こぎれい》な二階屋の前で足を止めた。

「新年、おめでとうございます」

門松が立てられている門戸の前で声を張ると、

「おめでとうございます」

女主のお涼《りょう》がきりっとした姿を見せた。切れ長の目から微笑《ほほえ》みがこぼれる。

深川にこの名妓《めいぎ》ありといわれたお涼は、北町奉行烏谷椋十郎《からすだにりょうじゅうろう》と馴染《なじ》んだのが縁で、芸妓を辞めてこの家に住み、長唄《ながうた》の師匠を生業《なりわい》にして身を立てている。

大年増《おおどしま》ではあったが、立っているだけで絵になるような姿の持ち主であった。

二

「ちょうど今、瑠璃《るり》さんのお支度を終えたところなんですよ」

お涼は季蔵を注連飾りが艶《あで》やかな戸口の中へと招き入れた。

「今日は天気が良くて、日の出が綺麗でしたね。瑠璃さんと二人で見惚《みと》れていたんです」

瑠璃は季蔵の季之助と名乗っていた頃の許嫁《いいなずけ》であった。

白百合《しらゆり》の花を想《おも》わせる清らかな美貌《びぼう》のこの瑠璃に、主家鷲尾《わしお》家の嫡男影守《かげもり》が横恋慕した。瑠璃を我がものとするために、季蔵を嵌《は》めて腹を切らそうとしたのである。

あまりの理不尽さに耐えかねた季蔵は出奔、家老職にあった瑠璃の父が責めを負って自害し、瑠璃は実家の存続のために側室となった。

この世ではもう、会うこともない相手だと諦《あきら》めていた季蔵だったが、残虐非道な鷲尾影守の悪行が市中に及ぶに到《いた》って、これを阻止すべく、北町奉行烏谷椋十郎が動き、これが二人の意外な再会に結びついた。

かねてから、一刻も早く、長崎奉行まで務めた父から家督を相続したいと思い、隠居を渋る父親が腹立たしかった影守は、ついに、父を雪見舟に誘い出して殺そうと企てた。烏谷から息子の悪行を聞いていた父影親《かげちか》は、影守の盛った毒に冒されながらも、逆襲、親子は共に息絶えた。

この時、烏谷に頼まれて、季蔵は舟の中で雪見鍋《なべ》を作っていた。親子が殺し合う地獄に居合わせたのである。加虐的な影守は、季蔵への当てつけで、瑠璃を舟に同乗させていたが、瑠璃はそこまでの地獄に耐えられず、正気を失ってしまった。

以後、瑠璃は烏谷に引き取られ、お涼の家の二階で療養の身となった。

瑠璃が言葉を発することは滅多にない。季蔵が枕元《まくらもと》に座ると、目を輝かせる時もあるが、次に訪れた時は虚《うつ》ろであったり、病状は一進一退を繰り返していた。

瑠璃が臥《ふ》していることが多いのは、心を病んでいると食が進まず、生気が五臓六腑《ごぞうろっぷ》に回らなくなるからだと、医者が診《み》立《た》てた。

これといった特効薬はなく、気をつけなければならないのは、暑すぎたり寒すぎたりして、身体《からだ》が弱ることだった。

「この手の患者には、くれぐれも風邪《かぜ》を引かせないように」

医者のその言葉を思い出したのだろう、

「天気がいいと暖かで、瑠璃さんには何より――」

お涼は縁側のある座敷の障子を開けた。

瑠璃の後ろ姿が見えた。

「あたしの若い頃の一張羅なんですよ」

瑠璃の友禅染めの晴れ着には、散り続ける桜の花が描かれていた。

「瑠璃さん、待ち兼ねていた男《ひと》がおいでですよ」

瑠璃が振り返った。

――綺麗だ、よく似合う――

薄桃色の桜の模様に、魂をどこかに置いてきてしまっている、瑠璃のはかなげな様子が奇妙によく映って見える。病的な美しさだった。

——不吉だ——

季蔵はぎくりとして、

「瑠璃、少し、庭を歩いてみよう」

言葉を掛けると、

「それがいいわ」

お涼がすぐに、季蔵と瑠璃の草履《ぞうり》を縁先へと運んでくれた。

晴れた日の散歩も、治療効果が高いと医者は言っている。

「瑠璃さんをよろしく」

季蔵は瑠璃の手を引いて、小さな庭を行ったり来たりした。

「早咲きの梅のつぼみが膨らんでいるよ、瑠璃」

話しかけると瑠璃は、うっすらと微笑《わら》う。ただそれだけであった。

「どこから種がこぼれてきたのか、こんなところにフキノトウが頭を覗《のぞ》かせてる。春の摘み草によく二人で行ったたね。なつかしいよ」

瑠璃の目は季蔵が指差した梅のつぼみにも、フキノトウにも注がれていない。虚ろな眼《め》は空からの陽《ひ》の光をとらえているだけである。

——たしかに強い光だ。元旦が曇っていたり、雪模様だったりすると、新春とは名ばかりのような気がするが、晴れてよく陽が照っていると、そのぬくもりに春を感じることができる——

救いは何にでもあるものだと季蔵は思った。

――この元旦の光が、瑠璃に正気を取り戻させてくれるかもしれない――

「そろそろ、上がってくださいな。福茶を立てますから」

お涼の声で二人は座敷に戻った。

福茶というのは、昆布や黒豆、山椒《さんしょう》、梅干し等を加えて煮だした茶で、これには、早朝に汲んだ若水が使われる。

邪気を祓《はら》う力があるとされていて、元旦には欠かせない健康茶であった。

これを飲むと、さわやかな香ばしさに、誰でも、気分が明るくなる。

「季蔵さんはこちらでしたね」

お涼は瑠璃に福茶の入った湯呑《ゆの》みを持たせると、季蔵には盃を渡した。

振る舞われたのは、福茶同様の薬効が期待される屠蘇《とそ》であった。

屠蘇は元旦の朝に長寿を願って飲まれる薬酒で、酒や味醂《みりん》に、山椒、桔梗《ききょう》、陳皮《ちんぴ》（蜜柑の皮）、桂皮（シナモン）等を調合した屠蘇散を入れて作られる。

こちらの方は、重厚な香りが心を荘重に改めてくれる。

「それでは一杯だけ」

季蔵は毎元旦、福茶は口にせず、盃一杯の屠蘇で口を湿らす。

これも長次郎流であった。

「神棚に供えた若水で淹れた福茶は、お客さんたちだけのもの、一年の福がちょっとでも多く、お客さんたちに行くようにって、おとっつぁん、言ってたわね」

おき玖も含めて、塩梅屋では福茶は飲まずに、屠蘇で新年を祝う。

「それではそろそろ――」

季蔵は腰を上げた。

これから店に戻ると、ちょうど八ツ（午後二時頃）になる。

店の腰高障子を開けると、

「おめでとう」

喜平《きへい》の顔があった。

履物屋の隠居の喜平は、長次郎の代からの馴染み客である。

腕のいい下駄職人だったにもかかわらず、早くに隠居させられた理由《わけ》は、生まれついての好色が禍《わざわい》してのことであった。

倅《せがれ》の嫁の寝姿や、奉公人の若い女の腰巻きの中を覗き見する癖があって、当人は〝何とも言えない愉《たの》しみなのさ。女の素足も眺め甲斐《がい》があるよ〟と開き直り、女客も多く、商いの障りになると辟易《へきえき》した倅が、〝それなら、せめて、隠居の身で愉しんでください〟と言って、楽隠居という引導を渡したのであった。

「さすが、今年も一番乗りですね」

「正月だから仕様がないが、倅たちと囲む祝い膳は、一刻（約二時間）ぐらいが関の山だよ。窮屈で、普段みたいに箸が進まなくてね」

　喜平は助平と同じくらい、食べることが好きであった。

　神棚の若水を下げて、喜平のために福茶を淹れていると、

「あけましておめでとうございます」

　指物師《さしもの》の入り婿勝二《かつじ》の声がした。

　律儀な若者の勝二は、新年の挨拶を喜平、季蔵、おき玖とさらに三度繰り返した。

　福茶は勝二の前にも置かれた。

「いいですね、この味わい」

　福茶を啜《すす》った勝二は目を閉じた。

「お疲れのようね」

　おき玖が案じた。

「実は若水汲みに玉川へ行ってたんです」

「玉川までとは大変だね」

　喜平はへえという顔をした。

「八百良《やおりょう》の茶漬けじゃあるまいし」

　市中で一、二を争う料亭八百良では、客が茶漬けを所望したところ、一刻（約四時間）も待たされた挙げ句、玉川の取水口から汲んできた水を茶に使ったとして、一両二分を要求したという、有名な話が語り継がれてきている。

それほど八百良は格式が高く、市中から玉川の取水口までの距離は、かなりなものである。

勝二は眉間《みけん》に皺を寄せて、

「手習い所でたいそう賢いと評判の子が近所にいるんですよ。その親は、赤子の頃から若水は玉川と決めてるんだそうで、あやかりたいって、女房のおかいが言い出したんですよ。もちろん、孫を目に入れても痛くないほど可愛《かわい》がってる義父《おと》っつぁんも、そうだ、そうだと――。終《しま》いには、二人とも、福茶は若水じゃないと、勝一《かついち》が不憫《ふびん》でならないって、涙までこぼすもんだから――、わたしは汲んでくる役目を引き受けて、まだ暗いうちに家を出ました。普段から何かと、気は遣ってますけど、入り婿なんでこれぐらいはしないと――。ところが、戻ってきてみたら、おかいと義父っつぁんが差しつ、差されつで酒を過ごし、父娘《おやこ》で酔い潰《つぶ》れてました。そばで勝一が餅《もち》を食いたいって泣いてましたっけ。雑煮を作って食べさせながら、それでもまだ、女房が子どもに餅を食わせなかったのは、ましだったと思いましたよ。酔っぱらって潰れてちゃ、子どもが喉《のど》に餅を詰まらせても、気がつきませんからね。この後、勝一にせがまれて、独楽《こま》を回したり、一緒に歌留多《カルタ》取りをしたりして、これは結構、楽しかったです。可愛い我が子相手ですから。けど、おかいと義父っつぁんが目を覚まして、〝寒い、風邪を引いた、気をきかせて、夜着《よぎ》を掛けてくれればよかったのに〟だの、〝腹が空《す》いた。雑煮が食いたい〟だのと、勝手な物言いをされると、さすがに嫌気がさしまして、急な用を思いついたからと言って出てきたんです」

ため息をついて長い愚痴話を締め括《くく》った。

三

「子どもは、さぞかし、おまえさんの雑煮を喜んだろうね」

喜平は目を細め、

「そりゃあ、もう」

勝二は相好《そうごう》を崩した。

「それで何かい？　婿に入った先の雑煮は江戸風かい？」

年の功の喜平は勝二の愚痴の虫を、雑煮の味付けに話を転じて、退治するつもりのようである。

「そうですよ。鰹節《かつおぶし》でとった出汁《だし》に醬油《しょうゆ》を入れて、焼いた切餅のほかに具は小松菜」

「それだけかい？」

「さすが、御隠居、別の江戸風雑煮を知ってるんですか？」

目を丸くした勝二の顔から憂さが消えている。喜平ほど年季は入っていなかったが、勝二も美味《うま》いものには目がなかった。

「牛蒡《ごぼう》、昆布、里芋――」

「何だ、それですか」

「まあ、最後まで聞くことだ。とっておきのがあるんだから。若い奴らはどうもせっかちでいけない。ここの季蔵さんやおき玖ちゃんは知ってる。どうやら、知らぬが仏はおまえさんだけのようだ」

愉快そうに笑って、喜平はおき玖に片目をつぶってみせた。

「これでしょう?」

塩梅屋の元旦の賄《まかな》いは、お客が残した重詰めの残りと雑煮と相場が決まっている。おき玖は雑煮用にと、買い求めてあった薄く細長い切れ端を手にして、喜平と勝二に見せた。

「何なんです、それ?」

勝二は首をかしげ、

「打鮑《うちあわび》さ」

喜平はうんと大きく頷《うなず》いた。

打鮑は鮑の身を細長く切り、薄く打ち伸ばして干したものである。

「こいつを雑煮の上にぱらりと乗せて食うと、鮑のいい出汁で、何ともいえないこくのある味になる。子どもには小さい時から、いい味を教えることが、親の務めだ。俺も死んだおやじから、正月にこの味を教わったんだ。何の気なしに長次郎さんに話したところ、〝それはいいね、喜平さん、最高だ〟って、言ってくれて、以来、塩梅屋の雑煮も打鮑入りとなった。その時、初めて、ここの長次郎さん特製の煎《い》り酒を貰《もら》った。長次郎さんは、〝出汁に入れる醤油は止《よ》して、これが一番だ。煎り酒なら、打鮑の細やかな味わいを消さない〟ってね。ここの雑煮の出汁は今でも、きっと、鰹に梅の味だろうが、うちじゃ、わしが隠居してからというもの、すっかり嫁の流儀だ。嫁の実家《さと》は下総《しもうさ》だもんだから、雑煮ときたら、蕎麦《そば》のつゆみたいな濃い醬油味の出汁で、小松菜まで茶色く見える」

喜平はやれやれと眉を寄せた。

「だったら、これから、打鮑入りのお雑煮、作りましょうか？」

気を利かしたおき玖に、

「雑煮もいいが、ここの重詰めが先だよ。毎年、ここの正月料理を食わないと、年が明けた気がしない」

喜平が応《こた》えて、

「そうでした、そうでした」

勝二も相づちを打った。

「そんなに楽しみにしていてくれるなんてうれしいわ」

おき玖は弾んだ声を出して、離れから長次郎の膳を下げてきた。

「さあ、おとっつぁんと一緒に召し上がってくださいな」

塩梅屋では新年早々に店は開けるが、客を離れに招き入れることはなかった。

長次郎が鬼籍に入って初めての元旦、訪れた喜平たちは、まずは、仏壇で手を合わせたいと言ったが、おき玖は、

「おとっつぁん、生きてる頃に、〝年明けは、これといった理由がなくても、この先、い

いことがありそうで、心が弾んで、おめでたいから好きなんだ〟って言ってた。だから、あの世のおとっつぁんは、〝仏壇の前で、辛気《しんき》くさく、皆さんに会うのは命日と盂蘭盆会《うらぼんえ》だけで沢山だ、年明けくらい、賑《にぎ》やかにやりたい〟って、思ってる気がするんですよ」

と断り、供えた膳の重詰めを勧めた。

以来、元旦に塩梅屋を訪れる喜平たちは、福茶だけでなく、重詰めを突き、酒を酌み交わしてきた。

「それでは早速——」

勝二は箸を伸ばした。

「新年早々、こりゃあ、いい食いっぷりだねえ——」

喜平が呆《あき》れると、

「すいません。昨日の晩から今までに食ったのは、夜食にと自分で焼いた餅一つなんです。厨《くりや》に置いてある料理には、女房の許しがないと手が出せなくて——」

しょんぼりと肩を落としたものの、箸を止めることはできなかった。

「美味《おい》しい、美味しい」

連発する勝二に、

「あら、でも、数の子は召し上がってませんよ。そういえば去年も——」

おき玖の目は鋭かった。

「うちの数の子、塩抜きがいい具合だと思うんだけど、駄目かしら?」

塩梅屋では、とかく、塩がきつい干数の子を、何日もかけて、水に浸け、途中から塩水に変えて、塩味の加減がいい具合になるように戻している。

「ほんとですか？」

恐る恐る摘《つま》んで口に入れた勝二は、

「ほんとだ」

こりっ、こりっと数の子を噛《か》む音を立てた。

「これなら飯食いにならずともすむ」

二箸目の数の子はもっと大きな音がした。

「飯食いって？」

首をかしげたおき玖に、

「うちじゃ、大晦日までの三日間は、義父っつぁんの好物の数の子が菜なんですよ。菜はこれだけ。義父っつぁんはこいつで酒を飲み続けてて、ろくに飯も食わないんですが、俺たち親子は飯しか食わない。おかいは食が細いし、勝一は子どもだから、そうは食わない。俺一人が、三膳も四膳も食って、釜《かま》を空にしたことがあるんです。一昨年の暮れの話でした。その時、おかいと義父っつぁんが何とも、いやーな目で俺を見てるのがわかって、この暮れは数の子を食わずに、飯を一膳にしてたんですよ」

三箸目の数の子に箸を伸ばそうとした勝二だったが、

「止めときます。塩気の薄い数の子は、たとえ、飯食いになんなくても癖にはなりそうだ」

「そうさね」

頷いた喜平は、

「そもそも数の子ってのは、音を食べるもんだよ。あのこりこり感が病みつきになる。今度は数の子食いで睨《にら》まれちまうだろう」

一方、おき玖は、

「それじゃ、お腹《なか》は暮れから空いてたってことじゃないの」

伊達巻きと昆布巻きを二切れずつ、皿に盛って勝二の前に置いた。

「さあ、遠慮せずに」

「すいません」

あっという間に平らげた勝二が、

「〝入り婿や師走も春も寒のうち〟」

一句詠《よ》むと、

「上手《うま》いね。けど、〝新春に家族あっての愚痴話〟ってこともあるよ」

返した喜平はふーっと一つ、大きく息を吐き出して、

「死んだ女房に似て生真面目《きまじめ》すぎる倅も、いっこうに気の利かない嫁もうざったくて、嫁の煮炊きしたうちの重詰めなぞ、箸にも棒にもかからない代物だ。ただし、一品だけ、あっぱれ、これぞというものがある」

四

「それは何です？」

季蔵が口を挟んだ。

「気になるわ」

一瞬、おき玖が鼻白《はなじろ》んだのは、塩梅屋の重詰めと比較されていると感じたからであった。

察した喜平は、

「この重詰めにない正月料理さ」

目の縁に笑みを湛《たた》えた。

「ないものなんて――」

おき玖は重詰めを見つめて途方に暮れた。

――ないはずなんだけど――

「凍《し》み蒟蒻《こんにゃく》と金団《きんとん》だよ」

凍み蒟蒻は蒟蒻を薄く切り、戸外で水をかけながら乾燥させる。この作業を二十日ほど繰り返して作られる。

「長次郎さんが蒟蒻を重詰めに入れなかったのは、嚙むとあの弾む感じが気に入らないからだ。ほかの料理の味わいを損なう食感だとも言っていた。それで、このわしも、思い切って、嫁の凍み蒟蒻を食うまでは、正月の蒟蒻とは縁がなかった。ところが、食ってみてわかった。凍み蒟蒻を戻してから煮物にすると、適度な汁気を含んで、何とも美味なんだよ。ようは食わず嫌いだったんだな。ちょろぎは色が赤くて綺麗だから、黒豆の彩りに使うことが多いが、この凍み蒟蒻にも合う。長次郎さんが生きていたら、是非とも、耳打ちして教えてやりたい、正月料理の逸品だ」

——凍み蒟蒻ならよく食べた——

季蔵の生家の正月料理に安価な凍み蒟蒻は欠かせなかった。

——伊達巻きや昆布巻きが少なくなってくると、母上は必ず、この凍み蒟蒻を煮ていたものだった。ある時、蒟蒻がこれほど安くなったのは、蒟蒻芋を乾燥させて粉にしておく保存法が思いつかれ、特に水戸藩が、〝こんにゃく会所〟を設けて、藩領である山間部の栽培を奨励したからだと父上が話してくださった。〝御三家ながら、質実剛健を旨《むね》とする、水戸様にちなむ尊き食べ物ゆえ、謹んで味わうように〟ともおっしゃっていた——

喜平は、

「嫁の祖父《じい》さんが水戸の出でね、それで、嫁の凍み蒟蒻の煮付けは絶品なんだよ」

とも言い添えて、

「金団の方は、どうして、長次郎さんが作らなかったのかわからない」

小首をかしげた。

——とっつぁんの残した日記に金団のことが、〝いずれ——〟とあったな。この〝いずれ——〟は、カステーラにも書き添えられていた——

「金団を菓子と見なしていて、正月の重詰めは酒の肴だけにしたかったのではないかと」
季蔵は、そう言いながら、
──とっつぁんは酒も好きだったが、饅頭や羊羹《ようかん》にも目がなかった。〝いずれ──〟とあるのは、いつか気の向いた時に、菓子でも、得心がいく味を、試してみたかったにちがいない。思い残すことは沢山あったのだ──
しみじみと思った。

がらっと戸口を開ける音がした。

「おめでとう」

大工の辰吉《たつきち》である。

痩《や》せて中肉の辰吉は〝いなせ〟を自称している。いなせとは、市中の誰もに馴染みのある魚、ぼらの幼魚イナにちなんだ言葉で、魚河岸《うおがし》で立ち働く若者たちの鯔背《いなせ》銀杏《いちょう》というイナの背に似た髷《まげ》に重ねていた。ようは男、江戸っ子、ここにありといった風情を示す。

おき玖は新年の挨拶の後に、

「喜平さん、勝二さん、お揃《そろ》いですよ」

「恵方参《えほうまい》りのあと歩きまわってたら、すっかり、遅くなっちまった」

辰吉はおめでとうを繰り返さずに、喜平と勝二の間に座った。

季蔵の淹れた福茶を一啜りすると、

「酒、酒にしてくれ」

「はい、只今」

おき玖はすぐに燗《かん》をつけた。

「恵方参りのほかにもお参りしたとは、ずいぶん、信心深いですね」

勝二は探るような目でまじまじと辰吉の顔を見た。

「おちえのせいだよ」

「新年早々、ご馳走様です」

おき玖が合わせた。

辰吉はふくよかな恋女房おちえに惚《ほ》れきっている。

「おちえさんの代わりに、いろいろお参りしたんですね」

勝二は合点した様子だったが、

「と言うか、俺が家にいねえ方がいいってこともあってさ」

辰吉は多少、寂しげに微笑った。

「まさか、あの布団に間男はいないだろう」

たまりかねて喜平が口を挟んだ。

一瞬、場の空気が凍りついて、

——あっ——

三人は固まった。

以前の辰吉と喜平は顔を合わすたびに、殴り合わんばかりの喧嘩《けんか》が絶えなかった。姿のいい女しか、目に入らずにこの年齢《とし》までできた喜平には、ふくふくした布団か褞袍《どてら》のようにしか見えないおちえ一筋の辰吉の気がしれず、つい、うっかり、おちえを布団に例えてしまうのである。二人が酒を酌み交わす場に、布団は禁句であった。

——御隠居、やってしまいましたね——

勝二はおき玖にすがり、

——困ったわ、新年早々、どうしよう——

おき玖は季蔵を見た。

——何とか、納めてみましょう——

「ところで、おちえさんの正月料理の味はいかがでした？」

喜平の言葉など、聞こえなかったふりをして季蔵は切り出した。

「どこにでもある正月料理さ。どうってことはねえもんばかりだよ」

塩梅屋へ通い続ける辰吉は、おちえの料理まで熱愛しているわけではなかった。

「お雑煮は？」

おき玖が助け舟を出した。

江戸はさまざまな地方の者たちが集まっているせいで、雑煮の味も豊かだった。おき玖の聞いたところでは、具が照り焼きの鰤《ぶり》で、出汁が白味噌《しろみそ》を溶いたものだという、驚くほど贅沢《ぜいたく》な雑煮が西国にはあるという——。

——これで話に花が咲いてくれるといいんだけど——

「江戸っ子の雑煮なら小松菜に決まってるだろう」

辰吉はつまらなそうに答えた。

「辰吉さんのとこじゃ、金団は作らないんですか？　あれ、子どもが好きで、正月は菓子代わりにするでしょう？」

勝二が必死で捻《ひね》り出し、重詰めの中に金団を追っている辰吉の目に気づいて、

「うちでは作らないので、どんなものかと、実は前から気にかかっているのです」

季蔵が引き継いだ。

「金団の金は栗の黄色だろ、団は布団の団だな」

喜平は呟《つぶや》き、辰吉は聞こえないふりをした。

「おちえの得意な金団は栗粉餅だよ。餅でたっぷりの砂糖と栗粉の練ったものをくるむんだ。うちじゃ、子どもたちがせがむんで、花見や盆にも作ってる。ただし、とっておきの白砂糖のは正月だけだ。たいていは黒砂糖さ。これだと黒砂糖の味ばかりで、ろくに栗の味はしねえが」

「餡《あん》の代わりに砂糖となると、あわてて食べては難儀でしょう？」

顔をしかめておき玖は訊《き》いた。

「子どもたちは互いに、飛び散った砂糖を舐《な》め合いながら食ってるよ」

辰吉は幸せそうに金団を食べ続ける、子どもたちの表情を思い浮かべたのだろう、表情

を和《なご》ませた。

「おちえの金団栗粉餅は天下逸品だからね」

「いいね」

喜平が膝《ひざ》を打ち、

「わしは毎正月、金団代わりに、老舗《しにせ》の菓子屋寿々乃屋《すずのや》から栗羊羹を取り寄せている。だが、辰吉さん、子どもたちが楽しみにしてて、砂糖の粉を飛ばしながら、夢中で貪《むさぼ》り食うあんたのとこの金団には敵《かな》うまいよ。何につけても、どんなものでも、子どもにだけは敵わない。たしかにおちえさんの金団はたいしたもんだ」

金団の話を終わらせてから、

「こっちは負けを認めたんだから、どうして、正月早々、家を空けてたのか、話してくれてもいいだろう？」

興味津々とばかりに身を乗りだした。

「しつこいな。おちえのせいと言ったろうが」

金団の話をしている間中、温和に丸かった辰吉の目が尖《とが》った。

「勝二の言うように、おちえさんの代わりをしたとは思えないねえ」

言い切った喜平はじっと辰吉の横顔を見つめた。その表情はやや苦く、新年早々、悩みを抱えているように見える。

「これでもあんたを案じてるつもりだよ」

喜平が低く呟くと、

「近くに住んでる、年齢の離れたおちえの妹が年始の挨拶に来た。義妹《いもうと》は嫁入り前なんだが晴れ着をうれしそうに着てた」

やっと辰吉は重い口を開いた。

「若い娘の晴れ着姿とは、何よりの目の保養だったじゃないか。よかった、よかった――」

羨《うらや》ましげな喜平を尻目《しりめ》に、

「明日から『初春狂言』が始まるだろう」

うつむいたまま、辰吉は先を続けた。

「そういえば、おちえさん、市川夢蔵《いちかわゆめぞう》をたいそう贔屓《ひいき》にしていたわよね。だったら、きっと、駆けつけるんでしょうね？」

ふと洩らしたおき玖の言葉に、辰吉の眉《まゆ》が険しく寄った。

――いけなかったんだわ。あたしとしたことが――

おき玖はあわてて、両手で口を押さえた。

五

「義妹も芝居好きなんだよ。それで、年の始めの挨拶もそこそこに、夢蔵だの、春雷《しゅんらい》だのって、話に夢中になって餅を炭にしちまうほどで――」

辰吉が顔をしかめた。

——ああ、あの春雷——

だが、もうおき玖は言葉にしなかった。

「春雷ってあの中村《なかむら》春雷でしょうか」

代わりに勝二が念を押した。

「そいつのことなら、うちの嫁も奉公人と話してたよ。役者は色男に決まってるが、今、売り出し中の春雷は飛び抜けてるそうだ。人気も夢蔵に迫る勢いだとか——」

喜平も春雷を知っていた。

——うっかりしたな——

どうやら季蔵一人が春雷を知らないようである。料理にこそ熱心な季蔵だったが、巷《ちまた》の噂話《うわさばなし》には疎い方で、訪れる客たちから知らされることの方が多かった。

〝客商売なんだから、世間に無頓着はいけないよ、一膳飯屋じゃ、座持ちも料理のうちだ〟

長次郎に叱《しか》られもしたが、これぱかりは、どうにも改まらない。

——こんな調子では、とっつぁんにまた叱られる——

そうは言っても、歌舞伎《かぶき》の役者については、不案内この上なかったので、

「春雷の芸はどうなのですか?」

そういって話に入った。

「見てもいねえもんにはわかんねえよ」

辰吉は首を横に振り、勝二、喜平もそれぞれ頷いた。

「亭主が汗水垂らして働いてる間に、芝居なぞ見て、きゃあきゃあ言ってんのは、たいてい女たちや暇な隠居なんだろうから――」

辰吉の辛口に、

「隠居を暇な女たちと一緒にしてほしくない。それとわしは、男が女の形《なり》なぞする歌舞伎がいいなんて、思ったことは一度もないよ。若い頃は、色街に、根が生えちまうようなこともあったが、芝居小屋の前はずっと素通りだ」

喜平が応えると、

「人気があるから、芸がいいってもんじゃないって、芝居好きはよく言いますよね。俺も見てれば、多少はわかるんだろうけど、なにぶん、昼間は仕事で忙しくて――」

勝二はじっとおき玖を見つめた。

「あたしだって、見たのは一度きりよ」

おき玖は一度という言葉に力をこめた。

――ほんとは、年内にもう一度見たかったんだけど、長い列を並ばないと芝居小屋に入れなかった――

「どんな芝居でした？」

季蔵は涼しい目を向けた。

「演目は〝涙高砂別契《なみだたかさごわかれのちぎり》〟。涙なしでは見ていられない話。好き合っている男と女がいて、これが幼馴染《おさななじ》みなんだけど。親同士が決めて、これから夫婦《めおと》になろうって矢先に、女の方が重い病に罹《かか》って、医者はあと一月ほどの命だと診たてるの。それを知った女は、余命の短い身で男の重荷になってはと、祝言を諦めるんだけど、男はこの世で連れ添う相手はこの女しかいないって言い切って。今夜にでも、逝ってしまいそうな女の看病を、ろくろく寝ずにやり続けるのよ。甲斐あって、女は一時、祝言を挙げられるまでによくなるんだけど、白無垢《しろむく》を着て紅を差して固めの盃を飲み干したとたん、微笑みながら息を引き取るの。好きな相手にここまで想われるなんて、女の本望よね。『初春狂言』は曾我物と決まっているから、名とかで一工夫するんでしょうけど、あたし思い出しただけで、もう、泣けて泣けて――」

おき玖は片袖を目に当てた。

聞いていた男たちが、しんと静まりかえっているので、

「どう？　何とも泣けるいい話でしょう？」

おき玖は四人の顔を不思議そうに見回した。

「その男や女の実家は、祝言を取り止めにしようとしなかったのかい？」

まず喜平が訊いた。

「もちろん、両家の両親や兄弟姉妹、親戚《しんせき》や、男のお師匠さんまで出てきて、あれこれと二人の間に横槍《よこやり》を入れるのよ」

「そんなもんだろうな。まわりの奴らは」

辰吉は相づちを打った。

「周囲の人たちに見放された上、つきっきりの看病では銭が入りません。薬代はどうしてたんでしょうね」

勝二は現実的な疑問をぶつけてきた。

「それは——」

困惑顔のおき玖に、

「なにぶん、芝居でしょうから。ところで、春雷は男と女、どちらを演じて評判を取っているのですか？」

変えられた季蔵の矛先は有り難かった。

「これが凄《すご》いのよ」

おき玖は俄然声の調子を上げた。

「中村春雷の早替わりなの。春雷が男と女の二役を演じるのよ」

「筋書きじゃ、男は女の枕元で看病してるんだろう？　どうやって、二人芝居ができるんだい？」

喜平はふんと鼻を鳴らした。

「わかった、あれですよ、あれ」

勝二は手を打って、

「張り子の幽霊を夏の怪談話の小道具に使うじゃないですか。春雷が女役をやってる時は男の張り子、男役の時は女の張り子を使って、声で演じ分けてるにちがいない」

「子ども騙《だま》しだな」

辰吉は吐き出すように言ったが、

「そうはいうけど、少しもおかしかないのよ。もともと、春雷は女形《おんながた》だけど、一心に相手を想う立役が真に迫ってて、これで春雷は役域を広げたってもっぱらの評判。噂じゃ、当初、市川夢蔵が女の役をやりたがったんだそうよ。けど、この芝居は中村春雷が書き下ろしたもので、筋書きは死別したおかみさんとの思い出だってことで、どうしても、自分一人で男女を演《や》りたいって、譲らなかったんですって」

「ということなんだ。春雷が、どれほどの人気者か、分かっただろう。だからおちえと義妹が年始の挨拶もそこそこに、春雷の話に興じてるのを見てて、俺はよくよく邪魔者なんだと感じてね、気がついたら恵方参りのあともそのままほっつき歩いてたってわけだ」

これを聞いた勝二は、

――へえ、辰吉さんは入り婿じゃないっていうのに、邪魔者扱いはわたしと変わらないのか――

多少救われた気がした。

「おちえさん、市川夢蔵にのぼせてた時とは違うのかい？」

喜平は茶化さずに訊いた。

「いつも舞台を観《み》に行った後は、必ず、芝居が上手い、姿がいいって褒めてたが、これほど惚れ込んで、始終、口に出すことはなかったね」

「女ってえのは、とかく、本当にあったお涙話に弱いんだよ」

辰吉はふーっとため息をついて、

「わかんねえもんだねえ、女心ってえのも――」

「だから、あんまり気にしねえことだよ。言っちゃあ悪いが、人気役者の春雷とあのおちえさんがどうにかなるなんてこと、天地がひっくり返ったってあるわけねえんだし、ここは亭主たるもの、どーんと構えて、日頃、子どもの世話で忙しい女房の夢を見守っててやることだよ」

喜平の率直な慰め言葉が、勘に障ったのではないかと、季蔵たちは一瞬、息を止めたが、

「わかった、そうする。話を聞いてもらってよかった。御隠居、恩に着る」

辰吉は和《やわ》らいだ表情で盃を置いた。

「夕餉《ゆうげ》はまた、嫁が呼びにくる」

「おかいに雑煮の餅を焼かされるんですよ」

「うちは汁粉《しるこ》だ。春雷が甘党だってことを聞きつけて、晦日からおちえがどっさり煮たま、春雷だけじゃなしに、俺も子どもたちも好物だがな」

そう言って、三人が帰って行くと、入れ違いに長崎屋五平《ながさきやごへい》が訪れた。大店《おおだな》の廻船《かいせん》問屋長崎屋の主である。

　この五平のもう一つの名が松風亭玉輔《しょうふうていたますけ》。長崎屋の跡継ぎに生まれたが、噺《はなし》に魅せられ、父親に勘当されることを承知で噺家を志したことがあった。

　天賦の才もあったのか、瞬く間に、二つ目にまで上ったが、父親の不慮の死で噺家として生きることを断念、娘義太夫で一世を風靡《ふうび》した恋女房おちずとの間に、一子をもうけ、今は長崎屋の主として、商いに精進している。

　そんな五平の時折の気晴らしは、噺を主とする、芸能一般、寄席《よせ》や芝居の観劇であった。

「あけましておめでとうございます」

　五平と季蔵、おき玖は丁寧に頭を下げ合った。

　五平はどんなに年始の客が多くても、毎年必ず元旦に塩梅屋を訪れる。

「長次郎さん、おめでとうございます」

　五平は福茶の入った湯呑みを、仏壇に見立てて両手を合わせた。

「あの時はありがとうございました」

　長次郎は勘当されても噺家になる決心をした五平に、安くて滋養のある菜を振る舞って励ましたのである。

六

「ここで福茶や重詰めをいただくのはまた、格別ですよ」

五平は福茶を啜り、重詰めから幾品か取り分けると、

「実は新年早々、難儀なことをお頼みにまいったんです」

緊張した面持《おもも》ちで、季蔵に向けて改めて頭を下げた。

「また、噺の演目に合わせた料理を考えろとおっしゃるのですか？」

以前の五平は噺好きの知り合いを集めて、時折、松風亭玉輔としての独演会を催す。そんな折、五平は噺好きの〝時そば〟等、食材や料理の出てくる噺を選び、客たちに料理と噺の両方を楽しませることがあった。季蔵は頼まれて、五平の家に赴き、厨で噺の演目に合わせた料理を作ってきた。

「あれはたいそう好評なので、また、是非、やってほしいとやいのやいのと言われています。その際はよろしくお願いします」

――料理の頼みではないとしたら、いったい、何なのかしら？――

おき玖は知らずと五平の顔を見つめた。

「横山町の大黒屋《だいこくや》さんをご存じでしょうか？」

「大きな質屋の大黒屋さんですね。料理を作りに伺った時、ご挨拶させていただきました」

「あそこのご主人は噺好きで、わたしが松風亭玉輔だった頃、ご贔屓にしていただいた御縁で、今でもおつきあいがあるんです。とはいえ、互いに趣味友達なので、三箇日にお年始の挨拶にまわる仲ではありません。毎年、女正月が過ぎた頃、寄席を覗《のぞ》いたついでに新

年の挨拶をすませていました。ところが、今年に限っては、家族で新年を祝っていた昼頃、大黒屋のご主人から文が届いたんです。元旦早々、大黒屋始まって以来の難儀が起きてしまったので、何とか、力を貸してもらいたいと、その文には書かれていました。急いで書いたらしい字から、何とも切羽詰まった様子が感じ取れ、放《ほう》ってはおけず、すぐに大黒屋さんに伺いました。今、その帰りです」

そこで一度、言葉を切った五平は、

「すみません、福茶をもう一杯いただけませんか」

おき玖に頼んだ。

「お酒の方がいいんじゃないかしら？」

燗を付けようとしたおき玖に、五平は片手を左右に振って、

「結構です。これから、季蔵さんを大黒屋さんへお連れするつもりですので、素面《しらふ》でいないと――」

「わたしでお役に立つことがあるのですか？」

季蔵はさりげなく五平に先を促した。

「大黒屋さんの土蔵から、お宝の仏像がなくなったんです」

――仏像がなくなっただけで、こんなに大騒ぎ？　質屋の大黒屋さんはお寺の御住職でもないんだし――

おき玖は今ひとつ、ぴんと来なかったが、五平の目は真剣そのもので、

「その仏像は身の丈七寸（約二十一センチ）で金がかなり使われていると聞いています」

――なるほど、それなら大騒ぎしてもおかしくないわ――

おき玖は得心した。

「大黒屋さんでは、普段はその仏像を二重の箱に入れ、どちらにも、鍵《かぎ》がかかるようにして、納戸にしまっておき、元旦に限ってだけ、奉公人に拝ませるんだそうです。苦労して財を築いた初代の主が決めて、ずっと受け継がれてきた習わしだとか――」

「それほどのお宝がなくなってしまっては、さぞかし、大黒屋さんも慌てられたことでしょう」

「大店の大黒屋さんのことです。お宝をなくして、今すぐ、どうということはないはずですが、何より、わたしは、主の心の痛手が心配なんです。〝これは大黒屋の守り神ゆえ、今後、代々、心して受け継ぐように〟と遺《のこ》した初代の思いを、踏みにじってしまったと落ち込んでおられるからです。〝年始めにこんなことが起きるのは、大黒屋の家運が翳《かげ》る兆しかもしれない〟なんて、常は噺好きの陽気な主が口走るのが、何とも、たまらなくて――。何とか、なくなった宝を見つけて、安心させてさしあげたいと思いましたが、奉行所も元旦は休みです。火急のことでなければ門前払いです。つい、主の前で〝こんな時、あの料理人の季蔵さんなら、頼りになるかもしれないから、これから来ていただきます〟なんて洩らしてしまいました――」

「わかりました」

「行っていただけるのですね」

五平の目が輝いた。

二人は夕暮れ時の日本橋を渡って横山町へと向かった。

年の瀬には、暗くなる寸前まで、人が行き交っていた市中も、さすがに正月元旦の夕刻ともなると人影は見当たらない。

「助っ人を連れてきましたよ」

迎えた大番頭に五平が告げると、

「お戻りになってくだすったんですね」

白髪《しらが》頭の大番頭は声を詰まらせた。


「わざわざ——」

客間では、主が憔悴《しょうすい》しきった面持ちで待っていた。

青く思い悩んでいるその顔は、以前、五平の家で会った時とはまるで別人であった。まだ、四十路《よそじ》を幾つか出たばかりだというのに、急に老け込んだかのようである。

「おめでたい日だというのに——」

案内してきた大番頭に言い付けて、正月の客を迎える支度をさせようとしたのを、季蔵は断って、

「話は長崎屋さんから聞いています。こんな時ですから、おもてなしは止しにして、ご事

情を伺いましょう」

「お気遣いありがとうございます」

主はうなだれた。

「一つ、二つ、お訊きしてよろしいでしょうか」

季蔵は切り出した。

「普段、金の仏像がしまわれているのは納戸と聞いています。納戸はこの家の中にあるのですね」

「はい」

「二重の箱だそうですが――」

「どちらの箱もわたしが鍵を持っております」

「もしや、鍵をなくされたというようなことは？」

「この通りです」

主は両袖から、一本ずつ、鍵を出して見せた。

「ところで、土蔵に仏像を飾ったのはいつのことです？」

「毎年、大晦日の除夜の鐘が鳴り終えるのを待って、納戸の箱から仏像を出して土蔵に運びます」

「となると、鍵を使って箱を開け、仏像を出したのはご主人ですね」

「いいえ。今年十五歳になる娘に昨年から、させています。跡継ぎの一人娘なものですから」

「それでは、娘さんと二人で土蔵へ仏像を運ばれたのですね」

「はい、それも御先祖様のお言い付けなので。〝仏像の重みは金の有り難さ、この重み、有り難さを片時も忘れることなく、日々、心して商いに励め。人任せはならぬ。わしは死してもその様子を見守っている〟と」

「ご立派な御家訓です。それでは、御先祖様に今一度、お見守りいただいて、その時の様子をもう一度、今から、繰り返してみてくださいませんか」

「同じことをですか？」

そんなことをして、仏像が見つかるのものなのかと、主は困惑した目を五平に向けた。

五平は大きく頷いて、

「ここは一つ、季蔵さんの言葉に従ってください」

主を促した。

ほどなく、季蔵たちと主、呼ばれた娘と若い手代が納戸の前に立った。

艶やかな牡丹《ぼたん》の柄の晴れ着に黒い半襟を合わせている娘の頬《ほお》は、ふっくらとした桃の実のようで、精一杯、背伸びをして大人ぶっている様子が見てとれた。

若い手代の方は眉がりりしく、鼻筋が通ってなかなかの男前だったが、気の弱い証《あかし》に目を伏せる癖があった。

「お宝は店先を通って、土蔵に運ぶ決まりです」

店先を出て土蔵に向かう、主と娘、手代の後を季蔵と五平がついていく。

「手燭《てしょく》をお持ちしました」

大番頭が気を利かせた。

「お宝を土蔵にお祀《まつ》りする時も、毎年、こうしております」

――たしかに除夜の鐘が鳴ってすぐでは、外はもちろん、土蔵の中はもっと暗い――

ここからは大番頭が主たちの先を歩いた。

七

「なるほど、これはまた、盛大だ」

五平が大きなため息を洩らした。

土蔵の奥には仏像を祀るための紫檀《したん》の棚がしつらえてあった。

驚かされたのは落雁《らくがん》で出来た、目の下二尺（約六十センチ）ほどもある赤い睨《にら》み鯛《だい》である。

ほかには、食積の飾りと重詰め、籠《かご》いっぱいの紀州の蜜柑、巻物のように重ねられた羊羹の棹《さお》、桜、菖蒲《しょうぶ》、涼み舟、松茸《まつたけ》、紅葉《もみじ》、雪模様、椿《つばき》等、四季の花や事物を色と形で表した京干菓子が並んでいる。

ふわりとよい香りが漂ってきた。

青磁の大きな花活けいっぱいに活けられているのは早咲きの梅の花だった。

ただし、中央の台座に飾られていたはずの仏像は影も形もなかった。

台座に目を凝らしていた季蔵は、ぱらぱらと落ちていた白い粉を指で掬《すく》うと口に含み、

「ここに飾った仏像を動かしたようなことは？」

主に確かめると、

「ございません」

答えた主は心持ち眉を上げた。

「奉公人の皆さんがこちらの神様を拝みに入ってきたのはいつですか？」

「明六ツ（午前六時頃）です」

主は三十人近くいる奉公人の名を挙げて、

「その後は皆が楽しみにしている正月の祝宴になります。仏像がなくなったのは、奉公人たちが土蔵を出た直後でした。最後に土蔵を出て、鍵をかけるのは、店の跡継ぎと決められています。わたしは奉公人たちを土蔵の中から見送ったところでした。すると、仏像の前に座らせていた娘が、〝ない、仏像が、うちの神様がいなくなった〟と叫んだんです」

「ほんの一瞬の間に仏像がなくなったというのですね」

季蔵が念を押すと、

「そうなのでございます。盗もうにも、盗む間がないほど、短い間に起きたことで——。それで盗まれたと言わず、なくなったで通してきたんです。長崎屋さんからお聞きになってはおられませんでしたか？」

主は多少、恨めしげに五平を見た。

うなだれた五平は、

――すみません。そんな摩訶《まか》不思議な話をしたら、来ていただけないと思ったものですから――

目で季蔵と主に詫《わ》びた。

「もう、こうなっては、店の者が盗《ぬす》っ人《と》でなくてよかった、すべては神様のおはからいと諦めるほかございません。ただ、御先祖様へ顔向けができないのが、何より辛《つら》くて――」

そう言うと主は季蔵に深々と辞儀をして娘や手代、大番頭を促して土蔵の扉へと重い足取りで歩いていった。しかし青い顔で振りかえると、

「いやはや、ご足労いただいて申しわけありませんでした。せめて、茶なりと召し上がっていっていただけませんか」

礼を尽くそうとした。

「最後にもう一つ、お訊《たず》ねしたいことがございます。よろしいでしょうか?」

「かまいませんが――」

「こちらには御隠居様がおいでては?」

「ええ、先代のわたしの父が離れで気儘《きまま》に暮らしております。それが何か?」

「思った通りでした」

季蔵は微笑み、

「このような時に、おもてなしいただくのは気が引けるので、今日はこれで失礼いたしま

す。三箇日のうちには、御先祖様に胸を撫《な》で下ろしていただけるでしょう」

　きっぱりと言い切ると、

「まさか、そんなに簡単に、仏像が出てくるなんてことがあるわけない。さんざん、よくわからないことばかり訊いてきて――、塩梅屋さん、悪い冗談は止してください」

　とうとう我慢できなくなった主は、ぷいと顔を横に向けて、そそくさと家の中へと消えた。

　大黒屋からの帰り道、

「大黒屋さんのご機嫌は、仏像が出てきさえすれば、けろりと治るでしょうが、当てはあるんですか？　季蔵さんがはったりを言うような人ではないと、長いつきあいで、よくよくわかってはいるのですが、何一つ、わたしには見当がつかなくて――」

　案じた五平はため息をついた。

「明後日、八ツに、大黒屋さんの娘さんと一緒に、塩梅屋の離れにいらしてくださればわかります」

「あのお千代《ちよ》さんを？」

　五平は一瞬怪訝《けげん》な顔になったが、すぐに、

「わかりました。季蔵さんを信じます」

　大きく頷いた。

　翌日、季蔵は年始代わりにも使う、味噌納豆を携えて、南八丁堀に住む独り暮らしの岡っ引き松次《まつじ》を訪ねた。

味噌の濃い味が飯や茶漬け、酒に合う味噌納豆は寺納豆とも呼ばれていて、長次郎が親しくしていた芝の光徳寺の住職が、鎌倉で修行した時に培《つちか》った腕を活かして作り続けていた。

料理の隠し味に使うほかに、年末年始の挨拶に振る舞っても喜ばれる品なので、長次郎の生きていた頃から、特別に分けてもらっている。

味噌納豆の袋に鼻を近づけた松次は、

「姿は兎《うさぎ》の糞《ふん》みてえで、蒸れた味噌の匂《にお》いがきついが、こいつを葱《ねぎ》と一緒に豆腐に載せて蒸籠《せいろ》で蒸してみな、美味いの何のって、飯がいくらでも食えるぜ」

金壺眼《かなつぼまなこ》を瞠《みは》って、ひとしきり、味噌納豆料理の蘊蓄《うんちく》をたれた。下戸《げこ》の松次は酒よりも、肴を楽しむたいした食通で、甘いものにも目がなかった。

「そういやあ、今日あたり、そっちへ足を向けようかと思ってたところだったんだが、女房持ちの田端《たばた》の旦那は誘いにくくなっちまってて――」

松次は四角く張った鰓《えら》顔をほころばせた。

「親分お一人でも歓迎いたします」

「そりゃあ、筋が通らねえ。廻《まわ》り方の旦那あっての岡っ引きだ。心得違いはいけねえぞ」

とたんに松次は顎《あご》を突き出して意見を始めた。これもひとしきりを終えると、

「あんたの方から俺んとこへ足を運ぶには、それなりの用向きがあるんだろ？」

いくぶん警戒した面持ちになって、

「事と次第によっちゃ、答えられねえこともあるぜ。これでも、お上から十手《じって》を預かってる身だからな。世の中は信義が大事だ」

神棚の十手の方を見た。

「横山町の質屋大黒屋さんの御隠居さんが、贔屓にしている入れ歯師が誰だか、知りたいのです」

長年岡っ引きを務めてきた松次は、江戸の町の生き字引であった。

「知らねえこともないが、どうして、あんたが知りたいんだい？」

松次は季蔵を見据えた。

「それは申せません。わたしにも親分同様、信義がございます」

「ふーん、あんたにも信義か――」

しばらくして、松次は、

「大黒屋の御隠居のとこへ出入りしてる入れ歯師は、若松町の和信《わしん》ってえ名だ」

ぶすりと告げた。

「ありがとうございます」

季蔵は礼を言うと、来た道を戻り、さらに日本橋を渡った。初荷と書かれた幟《のぼり》や旗を立て、荷を山積みにした荷車と真新しい店半纏《はんてん》を羽織った男たちの間を駆け抜けて若松町に行き着いた。

入れ歯師の和信はこぢんまりとした一軒家に住んでいた。高額の入れ歯作りが生業の入れ歯師は、そこそこ羽振りがよかった。

「大黒屋さんからの使いの者です」

そう告げると、

「まあ、ご贔屓の大黒屋さんからの――」

赤子を背にして迎えた女房は、あわてて季蔵を客間に通した。奥からは、

「犬も歩けば棒に当たる」

「よしのずいから天井覗く」

歌留多読みの声が聞こえてきて、ぱたぱたと畳を叩く音が続いて、

「お姉ちゃん、狡《ずる》い」

「ほんとだ、ずるーい」

「わーん」

とうとう泣き声まで混じった。

「粗茶ですが」

女房が湯呑みを置いて去ると、

「お待たせしました」

和信が障子を開けた。

年の頃は三十半ばで、面長でおだやかな顔つき、気っ風のいい職人というよりも静かな

文人を想わせた。

「ご家族で賑やかなる新年ですね」

「女の子が年子で三人、やっと去年、跡継ぎの男の子が生まれました。貧乏暇なしなのですが、ついつい三箇日だけは好きな酒を飲みまして――」

和信は赤く染まった頬に片手を当てて、

「大黒屋さんには、こちらからご挨拶に伺うのが筋でございますのに、わざわざおいでいただくとは――。いったい、何のご用でございましょう」

怪訝そうに季蔵を見つめた。

「実は昨日、大黒屋さんの土蔵から金の仏像がなくなりました。人が見ている前で、煙のように消えてしまったのです。あなたなら、きっと、お心当たりがおありだと思い、こうして伺ったのです」

「あの仏像がなくなったとおっしゃるんですね？」

とたんに和信の顔色は紙のように青く変わって、ぶるぶると震えだした。

「き、金の、ぶ、仏像のことは存じております。け、けれど、わ、わたしではございません。わたしは決して盗んでなどおりません、本当でございます。どうか、信じてください、お願いです、この通りです」

這《は》い蹲《つくば》った和信は畳に頭をこすりつけた。

「お話しくだされば信じます」

「は、はい」

和信は震えながら話し始めた。

第二話　大江戸料理競べ

一

塩梅屋《あんばいや》の離れは昼間でも薄暗い。

大黒屋《だいこくや》の一人娘お千代《ちよ》が座ると、そこだけ、ぱっと花が咲いたように華やいだ。ただし、何やら、不安げな様子で、膝《ひざ》の上の巾着《きんちゃく》を強く握りしめている。

「場所が変わって、ここで貝合わせをするんですよね」

お千代は茶を淹《い》れている季蔵《としぞう》に恐る恐る訊《き》いた。

「暮れに、京に頼んでおいた貝合わせの遊び道具が届いていたので、家内のちずが貝合わせにお誘いしたいと言っているからと、ここへお連れしました」

隣りには五平《ごへい》が神妙な表情で座っている。

貝合わせは、対《つい》の貝殻としか組み合わさらない二枚貝の内側に美しい彩色をほどこし、別々にした貝殻を幾つも裏返しにならべ、ぴったりと対になるものを探す、女の子ならではの遊びである。これで男女の恋の成就や、新たな出遭いを予見する向きもあった。

一年を通して楽しめる典雅な遊びだったが、新年ともなると、恋愛運に限らず、今年一年の夫婦運、親子運等、愛と関《かか》わる運の行方《ゆくえ》が試される。

湯呑《ゆの》みを各々の前に置いた季蔵は、

「わたしは昨日、そちらの御隠居さんが贔屓《ひいき》になさっておられる、若松町の入れ歯師和信《わしん》さんに会ってきました」

さらりと告げた。

するとお千代の顔色は、みるみる青く変わり、

「あなたが和信さんのところへ――」

声が掠《かす》れた。

「和信さんはあなたに頼まれたことの一部始終を話してくれました。このままでは、金の仏像を盗んだ一味と見なされるかもしれないと、心底、怯《おび》えていたからです。わたしは今、和信さんの口を借りてではなく、あなたからじかに、どうして、今回のようなことをなさったのか、お訊きしたいのです。もはや、そうなさらなければ、火の粉をかぶるのは和信さんだけではありませんよ」

季蔵がお千代を見据《みす》えると、

「お千代さんが？」

五平は飛び上がらんばかりに驚いた。

「まさか――」

半信半疑の面持ちの五平に、

「本当です」

泣きそうな顔でうなだれたお千代は、覚悟を決めて話し始めた。

「和信さんからお訊きになった通りです。あたしが和信さんに、金の仏像そっくりの細工物を頼みました。三月ほど前のことでした。仏像を入れた箱の鍵《かぎ》は、おとっつぁんが手文庫の中にしまっているのを、知っていたので、難なく、仏像を箱から取りだして和信さんに預けることができたんです。和信さんは一目見るなり、あまりに高価な物なので、腰を抜かさんばかりに驚き、頼まれ事も仏像を預かるのも渋《しぶ》りました。そこで、あたしはすべては祖父のためだと言い張りました。大黒屋の主《あるじ》は代々、初代が遺《のこ》したこの仏像が有り難くてならないのだから、三箇日しか見ることのできない本物の代わりに、是非、本物そっくりの細工物を隠居所の床《とこ》の間《ま》に一月ほど飾って、日々、拝むことができれば、どれだけ、お祖父《じい》ちゃんを喜ばせられるかしれないと——。あたしは和信さんが、若い頃は仏像の彫り師を志したこともあると、お祖父ちゃんから聞いて知っていたんです。贋物《にせもの》には真鍮《しんちゅう》を使ってもらって、上に黄色い顔料を塗るだけでいいと、あたしは思ってました。ですが、和信さんは後々、贋物が残るのは気に染まないと言いはったのです。あたしは、せっかくのいい思いつきなので困ってしまいました。でも、お祖父ちゃんの好物が焼麩《やきふ》だと思い出したんです。そして、一月過ぎたら、汁の実か、煮付けにでもして、食べてなくなる焼麩を使っていいのなら、そっくりな物を作ってもいいと、ようやく約束してくれました」

コシの強い小麦粉をよくこねて寝かせ、たっぷりの水の中で揉《も》むとできるのが麩の生地で、これに粉の小麦粉を適量加えて、またこねて寝かし、伸ばして窯《かま》で焼き上げると焼麩となる。

——和信さんはカステーラを焼いて売っている、知り合いの菓子屋の窯を、頼み込んで夜だけ借りて仕上げたと言っていた——

季蔵は和信の苦労話を思い出していた。

——麩の生地を入れて高温で焼く型にしても、入れ歯を作る時の蜜蠟《みつろう》でとった型を、鉄に変えなければならず、鋳物《いもの》屋の手も借りなければならなかったと言っていた。〝お嬢様は仏像の彫り師は木を彫り続けて、その中から仏を見つけるのだとはご存じなく、どんな素材の仏像でも、自在に作れると思い込んでおられたのでしょう〟と苦笑していた——

「出来映えは素晴らしく、顔料の代わりに、卵の黄身にクチナシを溶かして厚く塗りつけた金まがいは、うっとりするほど見事でした。けれど、今、思えば、贔屓筋の頼み事には逆らえず、祖父があたしを目の中に入れても痛くないほど、可愛《かわい》がっていると知っている、和信さんの弱味につけ込んでいたんだと思います。すみません、悪いのはあたし、あたしだけなんです」

お千代は歯を食いしばって、必死で涙をこらえながら、頭《こうべ》を深く垂れた。

「仏像が贋物で焼麩だったとは驚きました。焼麩で出来た仏像がほんの少しの間になくなったのは、実はあなたが食べてしまっていたからなんですね」

五平は啞然《あぜん》としてお千代を見つめた。

「食べられるお宝となれば、奉公人たちに盗《ぬす》っ人《と》の汚名を着せずに、あっという間に消すことができると思ったんです。御先祖様が大黒屋のお宝と定めて以来、ずっと、何代もの間、ここにあったのも、そして、取り上げるかのように消えてなくなったのも、すべては神様のおはからいだと、いずれは、おとっつぁんもお祖父ちゃんも探すのを諦《あきら》めるだろうと。誰も気づくはずなぞなかったのに――」

首をかしげ、今一つ合点《がてん》が行かない様子のお千代に、

「たとえ焼麩でも、仏像一身分、あっという間に胃の腑《ふ》におさめるのは、さぞかし、大変だったことでしょう。台座に飛んだ焼麩の粉に気がつく余裕はなかったはずです」

季蔵の指摘に、

「それであなたに見抜かれてしまったんですね」

お千代はしおらしい顔のまま唇を嚙《か》んだ。

「わかりませんね」

五平は気むずかしい顔で、

「金の仏像に限らず、大黒屋のお宝はいずれ、お千代さん、あなたが受け継ぐのです。それなのに、どうして、こんな盗っ人の真似《まね》なんてなさったんです？」

「わたしも不思議でなりません」

季蔵も同じ想《おも》いだった。

「手代の直吉《なおきち》たちのためです」

お千代は思い詰めた表情になった。

「もしや、お宝を土蔵に運ぶのを手伝っていた若者では？」

季蔵の言葉にお千代は黙って頷《うなず》いた。

「そうか、そうだったのか」

五平は膝を打つと、

「お千代さん、あなたはその男のためにこんなことをやったんですね。やれと無理やり、言われて――。季蔵さん、あの手代はとんでもない食わせ者で、恐ろしい盗賊の仲間かもしれません。無垢《むく》で世間知らずの総領娘をいいように操って、まずは手始めにお宝の仏像を盗ませてみたに違いありません」

同意を求めてお千代から季蔵に視線を移した。

――食わせ者にしては、始終、びくびくしていた。たしかに、あれも芝居だったと考えることはできるが――

季蔵が思い惑っていると、

「あたしは直吉に言われて思いついたんじゃありませんし、直吉は盗賊の仲間なんかじゃありません」

お千代は、強い口調で言い切った。

「直吉には、親の借金のかたに遊女として売られた幼馴染《おさななじ》みがいるんです。悪い病気に罹《かか》っているとききました。それであたしは何とかしてやりたいと思ったんです。身請《みう》けして、祝言を挙げ、死に際に手を握っていてやるべきだと思いました」

「幼馴染みのことは直吉から聞いただけで、あなたがじかに相手を見舞ったわけじゃないんでしょ？」

五平の言葉に、

「それはそうですけど」

お千代は渋々頷いたが、

「だったら、嘘《うそ》かもしれませんね」

追い打ちをかけられると、

「嘘でなぞあるもんですか」

猛然と反撃した。

二

――不思議だ――

なぜか、お千代は、直吉に限って嘘はついていないとは言わず、何かに酔ったような、幸福そうな目をしている。

「これから、直吉さんにあなたを迎えに来ていただきましょう」

五平に目配せした季蔵が使いを出すと、一刻（約二時間）と経たずに直吉が訪れた。

店で出迎えた五平がお千代の話を元に問い糾《ただ》すと、

「遊女になった幼馴染みはおります。遊女ならではの病に罹って、熱が出て何日か仕事を休み、暇に任せてわたしのことを思い出したとかで、文を書いて届けてきたんです。〝手習いではじめに書いた字が、二人とも〈光〉でありましたこと、なつかしくてならず——。今は病が光、これでわちきも一人前、もう、望まぬ子を孕《はら》む心配はありんせん〟と書かれていましたが、この病は一度罹ると、しばらくは、治ったように見えていても、じわじわと進んで、いずれ、肌が爛《ただ》れ、顔も崩れ、耐え難い痛みが続いて悶《もだ》え死ぬのだと人に聞いていたので、何とも、たまらない気持ちになったんです」

その時のことを思い出した直吉は、暗い目になった。

「それをお嬢さんに話したのですね」

離れにいるお千代の相手をおき玖《く》に頼んで、季蔵も同席した。

「思い詰めた顔をしているのはなぜかと、訊かれたものですから、つい——。するとお嬢様は、会ったこともない女のために、さめざめと泣いてくだすって、〝おまえの幼馴染みの看病を存分にしてやりたい〟とおっしゃいました。何って、優しい方だろうとわたしはもう、胸が詰まってしまって——。お嬢様のお気持ちに甘えてしまった、このわたしが悪いのでございます。申しわけございませんでした。この通りでございます」

直吉はおどおどと両手を前に差し出し、頭を垂れて縄を受ける覚悟を示した。

「まあ、そう急ぎなさんな」

五平は呆《あき》れて、

「おまえの幼馴染みは病に罹ったばかりだったね」

「はい」

「遊女の病はそう早くは進まない。寝ついて、死ぬまで看病しなければならなくなるのは、さんざん客に伝染《うつ》した挙げ句だ。これから何年も先のことだ。存分な看病はその時でいい。だから、今、ここですぐ仏像を盗むことなぞない。お千代さんは箱入りだから、そんな下世話な話には通じていなかったんだろうが、さっきの話では、おまえは知っていた。どうして、お千代さんにそのことを言わなかったのか？」

五平は首をかしげた。

「実は申し上げました」

直吉はうなだれたままである。

「でも、耳には入らないご様子で――」

「ふざけるな。お千代さんは耳など遠くはないぞ。そのような言い訳をするのは、おまえが盗賊の仲間で、腹黒い魂胆を持っているからにちがいない」

五平が怒鳴ると、直吉はぴくりと身体《からだ》を震わせて、

「何度も何度も、わたしはお嬢様に、幼馴染みの看病をするつもりはないと申し上げました。幼馴染みはなつかしくわたしを思い出して文をくれただけで、ことさら、わたしに想いがあるわけではないのです。わたしの方も、文さえ貰《もら》わなければ、とっくに忘れていた

相手でした」

「好いて好かれていたのに、家の事情で別れたのではないのか？」

　直吉の予想外の言葉に五平はぽかんとした。

「はい。ただ、手習い所で一緒だっただけです。わたしの方は、書き初めに〝光〟と書いたことさえ覚えてはおりませんでした」

「しかし、それで、お千代さんが得心しないのはおかしすぎる」

「お嬢様は中村春雷《なかむらしゅんらい》の〝涙高砂別契《なみだたかさごわかれのちぎり》〟が芝居小屋にかかっている間、三日に上げず通っておいででした。わたしが幼馴染みの話をすると、〝まあ、それじゃ、まるであの〈涙高砂別契〉を地で行くような素敵な話じゃないの〟とおっしゃって、いくらわたしが違うと申し上げても、聞いてはくださらなかったんです。お宝仏像を看病の費用に充《あ》てるのだと言い張られて――。まるで、〝涙高砂別契〟に取り憑《つ》かれてしまったかのようでした」

　これを聞いた季蔵と五平は、しばし唖然《あぜん》として顔を見合わせた。

「おまえの言う通りだとしたら、お千代さんは春雷の〝涙高砂別契〟を、舞台だけではなく、おまえと幼馴染みに映《うつ》したいがために、こんな大それたことを計画したということになるんだぞ。芝居と現世の区別がつかなくなってしまうなど、何とも馬鹿げている」

　五平が憤懣《ふんまん》を洩《も》らすと、

「そうかもしれませんが、馬鹿げてはおりません。〝涙高砂別契〟がお嬢様のお優しいお心に響いたゆえでございますから。それと、型を取るために、入れ歯師の和信さんのところへお宝仏像を届けなければならなかった時、お嬢様が仏像を箱から出している間、廊下で見張りをして、わたしもお手伝いをいたしました。お嬢様のなさりようが馬鹿げているのだとしたら、わたしのやったことも同様に愚か、いえ、それ以上でございます。わたしが悪いのです。わたしが盗っ人なのです。どうぞわたしを奉行所へお連れ下さい」

直吉は奉公人らしくお千代を庇《かば》った。

季蔵は離れで待たせていたお千代を店に呼び、直吉が話したことの一部始終を告げた。

「直吉の言う通りです。間違ったことも、嘘も言っていません」

お千代は頷いて、

「あたし、〝涙高砂別契〟と自分の想いに夢中になってしまって、芝居と現世の見境がつかなくなってたんです。看病など必要ない女のために、御先祖様の大事なお宝を消してしまいました。これから、どうしたらいいのか――」

しょんぼりと肩を落とした。

「贋物はあなたのお腹《なか》の中に消えましたが、本物の仏像はどこにあるのですか」

――たぶん、お千代さんの身近なところにあるはずだ――

「あたしの部屋の押し入れです。布団と布団の間に入れました」

「帰ったらすぐ仏像を箱に戻し、お父様に、すべて正直に話されることです」

「〝涙高砂別契〟に夢中になっていたこともですか？　あたし、もう、春雷の芝居を見せてもらえなくなるわ」

「自分がしたことを省みれば、そのくらいは覚悟するべきです」

「おとっつぁんやだしに使ったお祖父ちゃん、それに御先祖様は許してくれるかしら？」

お千代は不安げに呟《つぶや》いた。

「お宝がなくなっていなかったのだとわかり、あなたが心《しん》から悪かったと反省していれば、お小言は頂戴《ちょうだい》するものの、すべては丸くおさまるはずです」

「わかりました、言う通りにいたします」

「わたしが助っ人になるしかないな」

五平が付き添って、お千代と直吉は大黒屋へ帰って行った。

季蔵から事の次第を聞かされたおき玖は、

「まあまあ、新年早々、春雷の〝涙高砂別契〟が、こんな突拍子もない事件を引き起こすなんて――驚いて胆《きも》が潰《つぶ》れたわよ」

仰天した。

「あたし、あんまり驚くと喉《のど》が渇く質《たち》なの」

勢いよく湯呑みに水を注ぐと一気に飲み干し、

「思ったんだけど、お嬢さんのお千代さんの無理難題に手代の直吉さんが、わかっててつきあってたっていうの、何だか、変じゃないかしら？」

疑問を口にした。

「わたしは奉公人ゆえ仕方なくと思いましたが……」

「そうじゃないわよ」

おき玖は確信ありげにやや声を高く張って、

「あのお嬢さんは、自分の家の蔵のものとはいえ、先祖代々のお宝を盗むっていう、それはそれは大それたことをやってのけたわけでしょ。それを知ってて、奉公人の直吉さんが黙ってたら、後で何もかもわかってしまった時、娘は直吉に丸め込まれて、やらされたんだ。娘が悪いんじゃない。悪いのは絶対、直吉だって、大黒屋さんは思うかもしれないでしょう？　そうなったら、番屋へ突き出されて間違いなく死罪。あたしが直吉さんだったら、芝居と現世の見境がなくなってるお嬢さんが、計画を進めて、入れ歯師のところへ通うようになったあたりで、大黒屋さんに話すわ。頼まれた経緯《いきさつ》は、入れ歯師が話してくれるでしょうから、大黒屋さんも話を信じてくれるでしょうし――。奉公人だったら、つきあいきれないはずよ」

「なるほど――」

季蔵はいたく感心した。

おき玖は時折、味覚の鋭さで季蔵を感服させたが、同様に、閃《ひらめ》きに似た思考の輝きを披露することもあった。

三

「もう、わかったでしょう？」

おき玖はふふっと笑って見せたが、

「いえ――」

季蔵は当惑顔でいた。

――相変わらず、季蔵さんはこういうことになるとぼんやりなんだから――

「奉公人っていう立場を忘れる理由は一つ。直吉さんが好きなのは、昔、手習い所で一緒だった女じゃなくて、お嬢さんのお千代さんなのよ。だから、自分の立場が危うくなるかもしれなくても、言うことを聞いてたんだと思うわ」

おき玖は噛《か》んで含めるように言った。

――気がつかなかったな――

「なるほど――」

季蔵も今度はさすがにばつが悪そうに相づちを打った。

「それにしても、直吉さん、好きな相手に好きでもない相手との恋路を後押しされて、さぞかし、複雑な気持だったでしょうね。気の毒ったらないわ。お嬢さんの罪は一つじゃなかったはずよ」

おき玖は呟いた。

この日、大黒屋へ付き添って行った五平が、夜更けて、塩梅屋に立ち寄った。

「大黒屋さんに引き止められて、すっかり、遅くなってしまいました」

ほろ酔い加減の五平の顔が安堵《あんど》している。

——どうやら、上手《うま》くおさまったようだ——

「まずは一杯、どうです？」

季蔵が酒を勧めると、

「いただきましょう」

五平は季蔵が注いだ酒を飲み干して、

「季蔵さんも一杯」

盃を返すと酒を満たした。

「それでは——」

季蔵が飲み終わるのを待って、

「最初のうちは、どうなることかと、はらはらし通しでしたが、ご主人と御隠居が気を合わせたあたりから、ほっとして、肩の荷が下りました」

「大黒屋さんはもちろん、お嬢さんをお許しになったんでしょう？」

「お千代さんが打ち明けたとたん、大黒屋さんは、〝この親不孝者、許さん〟と青筋を立てて怒鳴りました。〝こんな風に叱《しか》られたのは初めて〟と、お千代さんは震え上がりましたが、そのうちに、怒りがおさまって、〝まあ、悪かったと悔いて、お宝を戻したのだからいいだろう〟ということになりました」

「親子ですものね」

「その通りです。大黒屋さんはお内儀《かみ》さんを早くに亡くし、以来、ずっと独り身を通されてきたので、一人娘のお千代さんのことは、目の中に入れても痛くないほどの可愛がりようで、〝それが仇《あだ》になってしまった、甘やかしすぎた〟とわたしに洩《も》らされました。愚痴を言いつつも、情をかけずにはいられないのが親子というものです。わたしは父に勘当されたばかりに、とうとう死に目にも会えなかった話をして、親子はたとえ、どんな行き違いがあったとしても、許し合わなければ、後々悔いが残りますと言いました。わたしの話に熱心に耳を傾けてくだすった大黒屋さんは、〝ならば今回だけは許す。その代わり、おまえに出来る償いをしなさい〟とお千代さんに迫りました」

――どんな償いかしら？――

おき玖は、五平が好きなするめを炙《あぶ》りながら、興味津々で聴き耳を立てている。

「大黒屋さんは、〝まずは、おまえの計画の巻き添えになった直吉に謝りなさい〟とおっしゃったんです。何もかも、直吉のせいにして、暇を出すんじゃないかと案じていたので、たいしたものだ、とわたしは大黒屋さんを見直しました。〝ごめんね、直吉、ごめんね〟と、お千代さんは涙ながらに直吉に何度も詫《わ》び、終《しま》いには、感極まった直吉が、〝勿体《もったい》ない、勿体なすぎます、これ以上はもう罰《ばち》が当たります〟と言いつつ、頭を下げ続ける有様でした」

――ここでも、直吉さんの気持は微妙だわね。謝られてうれしいってわけじゃないんだから――

「すると、突然、〝それほど、おまえが直吉に悪いことをしたと思っているのなら、亭主にして生涯謝り続けなさい。うちは代々、家を継ぐ娘には奉公人から婿《むこ》を取ると決めている。おまえによく尽くす直吉なら似合いだ。ただ、これだけは言っておく。今後、もう、二度とおまえの悪行の身代わりを直吉にさせてはならん。芝居小屋にも足を向けてはならん〟と、大黒屋さんは言い放ったんですよ。驚きましたね、これには」

――ええっ？　何って途方もない成り行きなの？――

おき玖は、驚きのあまり箸《はし》を動かすのを忘れ、するめを焦がしかけて、

「大黒屋さんは直吉さんの気持に気づいてたのね」

知らずと口を挟んでいた。

「きっと、これもまた、可愛い一人娘のことだからでしょう」

五平は微笑《ほほえ》んで、

「意外にもお千代さんが真っ赤になってうつむいていたのが、また、一段と可愛らしかったですよ。お千代さんの方も満更ではなかったようです」

「それは何よりだわ」

――よかった。本当によかった――

おき玖の顔も綻《ほころ》んでいる。

「ところで、どうしてお千代さんが仏像を贋物にすり替えたと分かったのですか」

五平の問いに季蔵は、

「仏像の台座に飛んでいた白い粉が焼麩と分かった時です。大黒屋さんには御隠居さんもいらっしゃるとも伺いましたから。入れ歯師なら、蜜蠟で型をとりますからできるのではないかと。そして、そんなことを考えついて、実行できるのはお千代さんしかいないと」

「なるほど。ご明察ですね。いやはや、新年早々、禍《わざわい》を持ち込んでお世話をおかけしてしまいました。この通りです」

五平が居住まいを正して頭を下げると、

「どうか、頭を上げてください。それに禍ではなく、これはまさに、〝塞翁《さいおう》が馬、禍転じて福となす〟です。並みの福よりも上質です。おかげで今年はよい年になりそうです。するめが焼けました、もう、一杯いかがです?」

季蔵は盃にまた酒を差した。

北町奉行烏谷《からすだに》椋十郎《りようじゆうろう》が塩梅屋を訪れたのは翌四日であった。

巨漢の烏谷はその体軀《たいく》には不似合いな、赤子のような童顔の持ち主で、わはははという豪快な笑い声とは裏腹に、休みなく怜悧《れいり》な頭を働かせている。

烏谷が何にも増して優先するのは、奉行としてなすべきことであり、季蔵もそれと関《かか》わって縁《えにし》を続けてきた。

季蔵が長次郎《ちようじろう》から受け継いだのは、塩梅屋だけではなかった。元同心だった長次郎は、表の顔こそ一膳飯屋《いちぜんめしや》の主だったが、裏では奉行烏谷椋十郎の下で、隠れ者としてお役目を果たしていたのである。

長次郎が急逝すると、早速訪ねてきた烏谷は、季蔵が表だけではなく、裏の顔も受け継ぐことが、長次郎の願いであったと告げた。

隠れ者は、時に、定法では裁くことのできない悪人を成敗することがある。

こうした役目を果たす覚悟を持てるだろうかと、逡巡《しゅんじゅん》の日々を過ごした季蔵だったが、かつて、自分を自害させようとした主家の嫡男が、市中を騒がす卑劣な悪事まで働いていると烏谷に聞かされ、世の中の放《ほう》ってはおいてはならぬ悪に接し決心したのであった。

暮れ六ツ（午後六時頃）の鐘が鳴り終えるのを待って暖簾《のれん》を潜った烏谷に、季蔵はあわてて年賀の挨拶《あいさつ》をすると、

「今年はいつもの年より、おいでになるのが早いのでは？」

探るような目を向けた。

「なるほど、そちもわしとのつきあいが長くなったな」

烏谷はわははははと得意な笑いを披露した。

「わーい、正月が来た」

今日から店に出てきた、下働きの三吉《さんきち》がじっと烏谷を見つめて呟いた。

これを烏谷は聞き洩らさず、

「ほう？　わしの顔に正月とでも字が書いてあるのか？」

烏谷は今度はにっと三吉に笑いかけた。

「まん丸い顔が鏡餅《かがみもち》みてえだから」

三吉はまだ、烏谷を見つめている。

「そうか、わしは鏡餅か、そりゃあ、いい」

また豪快に笑い飛ばして、

「いつもの長次郎大根を頼むぞ」

烏谷は離れへと足を向けた。

豪放磊落《ごうほうらいらく》を装っている烏谷の行動は、常に緻密《ちみつ》な計算に基づいている。

――いつもの年は七草が終わってからおいでになる。こんなに早くおいでになったのは、今年が始めてだ――

「三箇日は過ぎてしまったけど、ほんとにいつものでいいのかしら？」

おき玖が案じた。

「ああおっしゃっているのですから、よしとしましょう」

塩梅屋では、正月の四日から七草までの三日間に限って、たっぷりの大根おろしを飯にかけ、梅風味の煎《い》り酒を垂らした、簡素な料理しか客に出さない。

「正月三箇日は皆、朝から晩まで、重詰めや雑煮、酒なぞの御馳走《ごちそう》ずくめだ。ここいらでちょいと、胃の腑を休めてやった方が、この後、うちの料理を美味《おい》しく食べてもらえるはずだ」

と言って長次郎はこの料理を正月大根と名づけていた。

例年は七草を過ぎて訪れる烏谷も、これを知っていて、正月大根ではなく、長次郎大根と呼び、必ず、年明け一番に所望するのであった。

四

長次郎大根こと大根おろし飯は、炊きたての飯とおろした大根の水の含み加減が決め手になる。

飯が炊きたてでなければ話にならないのは、ほかの飯ものも同様だが、おろし大根の水加減となるとこれはもう、客それぞれの好みであった。

旬の瑞々《みずみず》しい大根はおろすとたっぷりの水が出る。このまま水気の多い汁で、飯を茶漬けのように、さらさらとかき込むのもよし、一旦布巾《ふきん》に取って水を切り、ほどよく、水気の少なくなったおろし大根を、飯に載せ、飯と一緒に一口ずつ箸《はし》で摘《つま》んで食べると、大根の凝縮した風味が口の中で広がり味わい深い。

「水気の多いおろし飯は煎り酒だけではなく、赤穂《あこう》の塩も合わぬではない。さらりとした味わいで悪くない。だが、絞ったおろしには、梅風味の煎り酒でないと駄目だ。塩ではおろしの強い風味に負けてしまう」

烏谷は毎正月、茶漬け風のおろし大根飯を食べてから、水気を切った二杯目に取りかかる。

「以前は、おろし大根飯といえば、汁気が多かろうが、少なかろうが、梅風味の煎り酒で調味していました。赤穂の塩を思いつかれたのはさすがです」

茶漬け風に限って、評判の塩を試してみたらどうかと、案を出したのは烏谷であった。

「煎り酒の飴色《あめいろ》が、水っぽいおろし大根に広がる様子が、何とも風情がないとも感じたのだ。おろしの水は溶けたばかりの雪のように白いまま、賞味したかった」

烏谷は見かけによらず、なかなか美意識も高かった。

お代わりの三杯目は、水気を切ったおろし大根に煎り酒を加減して、佃煮《つくだに》にした紫蘇《しそ》の実で味わう。最後の四杯目は一杯目に戻って、塩味の茶漬け風にしぼった生姜汁《しょうがじる》を垂らす。

こうした食べ方も烏谷が自分のために考えたものではあったが、ほかの客たちに勧めてみたところ好評で、塩梅屋では、おろし大根飯の品書きに加えている。

「さて、そろそろお話しいただいてもいい頃合いかと思いますが」

季蔵は水を向けた。

「ふーむ」

烏谷はまじまじと季蔵を見つめて、

「訪れた時から用向きと察していたのだったな」

多少、苦い顔をした。

「はい」

「そちの料理は食えるようになったが、人は食えなくなった」

「ですから、どうか、ご遠慮なく、わたしにお言いつけください。どこにどんな悪党がいるのでございます？」

季蔵はてきぱきと相手を促したものの、内心は、

――年始めから、成敗しなければならないかもしれないとは――

気分が沈んでいた。

――因果なお役目と諦《あきら》めるしかないが――

こんな時、同様の役目に就いていた長次郎は、どのように感じたのだろうかと思わずにはいられなかった。

――多くの人たちが美食に舌鼓《したつづみ》を打って、美酒に酔うこの新年。誰もが、明るい希望を胸に抱こうとしているこんな時に、命を消す命《めい》が下されることもあったに違いない――

「ほう、悪人？　悪人とて、三度の飯は食うのだから、まあ、関わりがないこともなかろう」

持って回った言い方をする烏谷に、

「いったい、何用なのでございます」

季蔵はいよいよ焦《じ》れた。

「大江戸料理競《くら》べ」

烏谷は声を張った。

「料理競べ？」

――お役目を下されるのではないようだ――

季蔵はほっとはしたものの、

「大食い競べなら時たま、耳にいたしますが」

首をかしげずにはいられなかった。

市中では酒や饅頭《まんじゅう》、蕎麦《そば》等の大食いを競う催しが行われることがあった。ちなみに塩梅屋の客の一人である大工の辰吉《たつきち》が、布団のような巨体の女房おちえと結ばれたのも、ともにこの大食い競べに参加していたのが縁だった。

「大食い競べの間違いではないぞ。この二十日に八百良《やおりよう》にて、料理の腕を競う料理競べを行うと決めた。これは御老中の命を受けて、わしが執り行うものとする」

烏谷は仰々しい物言いをした。

「それはまた、恐れ多い催しでございますね」

大食い競べは米屋や菓子屋、蕎麦屋等が集《つど》い、売り上げを上げるべく、話題性をねらって仕掛ける祭のようなものであった。

「御老中様まで動かれるとは、これとお決めになった目的がおありになるのでは？」

季蔵は鋭く突いた。

烏谷の大きな丸い目がぐるっと回って、わはははと笑い飛ばすと思いきや、

「これは政《まつりごと》だと言うのだな」

季蔵を射すくめた。

「はい」

応《こた》えた季蔵に、

「参った」

　顔を顰《しか》めて苦笑すると、

「そちを笑いで誤魔化せなくなってから久しい。ところで、一年前の大火で七百人もの人が死んだ。あれがまだ尾を引いていることは存じておろう？」

「ええ」

　季蔵の心が再び翳《かげ》った。

　火の元が原因の出火ではなく、乾燥と大風が原因で木などが燃えだした火事は、火消したちが駆けつけて命を張っても、なかなか消すことができず、大惨事を引き起こす。

「あの時、弓町、新肴町《しんさかな》をはじめ南北十町余、東西五町の数え切れない店が焼けた。蓄財のある大店《おおだな》は、焼けた店を元通りに建てかえることができたが、商いの小さな店ではそうはいかず、店仕舞いをする羽目になった。上方《かみがた》から好機到来とばかりにやってきて、このような小さな店を買い取り、商いを広げた、何ともあざとい大店もある。市中には不平不満が渦巻いているのだ。これはもう、何とか、しなければならないと御老中は悩まれた」

　——それで料理競べなのか？——

　季蔵はぴんと来なかった。

　大食い競べなら、誰でも参加できて楽しいだろうが、料理競べとなると、料理屋しか恩典がない。しかも、舞台が八百良ともなると、選ばれるのは相応の料理屋のはずである。

――まさか、一膳飯屋の塩梅屋に声が掛かるとは思えない――

それでいて、季蔵にこのことを伝えるのは腑に落ちなかった。

――参加ではない別の用向きが、料理競べに関わってあるのだろう――

すると、

「料理競べは木母寺《もくぼじ》の酔壽楼《すいじゅろう》、下谷《したや》の富士屋《ふじや》、芝神明《しばしんめい》の清水屋《しみずや》と決まっている。酔壽楼、富士屋、清水屋の三軒は八百良に次ぐ名店だが、このうち、どれを二番手の前頭《まえがしら》に据《す》えるかはむずかしいところだと、見立番付の版元が申しておった。是非、決着をつけてやりたいものだと御老中も仰《おお》せなのだ」

烏谷はまず、告げると、

「料理は〝初春弁当〟と題して、作らせると決めてある。そして、これぞ、二番と決まった店には、お上が御祝儀の注文を出す。江戸八百八町に上乗せして一千個だ。初春弁当祭りと称して、これら口福《こうふく》を市中の各家々に施《ほどこ》す。どうだ？　この方が、大食いを競べ合うよりも、よほど気が利いていないか？」

自信たっぷりに、わははと笑って、先を続けた。

「また、その店には城中出入りを許す。城の御膳所《ごぜんどころ》は、上様や御台所様方《みだいどころ》の三度の召し上がり物を、毒など入れさせぬよう、つつがなく、お作りするだけで手一杯なのだと聞いている。表御台所とて上様にお仕えする御重職方の腹を満たす余裕はない。それゆえ、長きにわたって、八百良が一手に城中への仕出し弁当を引き受けてきたのだが、近頃、雲行きがおかしくなっている。八百良、一店と決めるのは公平を欠くのではないかという意見を、老中首座水野出羽守《みずのでわのかみ》様が仰せになったのだ。今まで、このような意見が出たことは一度もなかった。御用達《ごようたし》は八百良一軒で足りると誰もが思っていたのだ。御老中の小久保安房守《こくぼあわのかみ》様は炯眼《けいがん》であられる。何事につけても、鋭く観察され対処される。これは他ならぬ、八百良に負けんとも劣らぬ二番手たちの声だと見抜かれた。わしが調べたところ、三店とも、この一年、月々、競い合うように、美味《うま》いもの好きの出羽守様に料理を届けていることがわかった。明らかに、出羽守様のお気持を動かすためなのだが、これだけで、店の主たちを咎《とが》めることなどできはしない」

そこで一度言葉を切った烏谷は、

「一方、誰からとも知れず、〝城中の味も力も独り占め〟、〝寒中に八百良だけが炬燵顔《こたつ》〟、〝八百良や千両箱の茶漬けかな〟などという、嫌がらせの川柳が書かれた文が八百良に届いていた。川柳は瓦版《かわらばん》屋にも届けられたのだろう。瓦版にこれが載ると、今度は心ない者たちが、八百良を妬《ねた》み、勝手口に死んだ鼠《ねずみ》を置いたりするようになった」

ため息まじりに続け、

──何ということだ──

季蔵は気が滅入《めい》った。

「これを知った安房守様は、〝大火以来、これほど、人心が荒れてすさんでいたとは知らなんだ。このまま八百良だけを出入りさせていると、いずれ、必ず、八百良に禍が降りかかる。城中御用達の八百良にかかる禍は、我らが辱《はずかし》められたも同様、お上の威信にかかわる。急ぎ、何とかしなければならぬ〟とおっしゃった。三軒のうちから、一軒を決めて城中出入りを許すとともに、美味い弁当を市中に配って、疲弊している人心を解きほぐそうとお決めになったのだ」

五

「それでわたしは、どのようなお役目を果たせばよろしいのでございましょう？」

季蔵は見当がつかなかった。

「酔壽楼、富士屋、清水屋は人気も格付けも横並びゆえ、表向き、主たちは互いを立てているが、奉公人たちともなると、道で合っても顔を背け合うほどだという。ようは三つ巴《どもえ》なのだ。この料理競べには、御用達の栄誉がかかっている。火花を散らせるとなれば、当日、互いに、足を引っぱり合わぬとも限らぬが、市中で難儀が起きては奉行所の面子《メンツ》が丸つぶれだ。老中小久保安房守様肝煎《きもい》りのこの料理競べに、一点の曇りもあってはならぬのだ。そちを見込んで、当日の監視役を任せようと思う」

「わかりました」

季蔵は承知した。

「酔壽楼、富士屋、清水屋とも、板前も兼ねる主が料理の腕をふるうことになった。よろしく頼むぞ」

そう告げて烏谷は離れを出て行った。

翌日、仕込みを終えた季蔵がおき玖に料理競べの話をしようと思っていた矢先、烏谷から三段の重詰めが届けられてきた。

烏谷の字で、

〝酔壽楼の魚の味噌《みそ》漬け焼き、富士屋の卵焼き、清水屋の天麩羅《てんぷら》。これらはそれぞれの評判料理にて、土産《みやげ》にと持ち帰る客が跡を絶たぬ絶品である〟

と書かれた文が添えられていた。

「実は――」

季蔵が話し始めると、

「わかった、わかった」

おき玖は早合点して、

「酔壽楼、富士屋、清水屋と季蔵さんも肩を並べて、料理競べをするのね」

ぱっと目を輝かし、

「あの世のおとっつぁん、これを聞いたらどんな顔するかしら？　口惜《くや》しがるかもしれないわね」

「違います」

季蔵が自分の役目を話した。

「足を引っぱり合うとしたら料理絡みということになりそうなので、わたしに頼まれたのでしょう」

「あら、でも、どうして、お奉行様が差配なさるっていうのに、季蔵さんに声がかからないの？」

おき玖は不満そうに言った。

「わたしはまだ修業中のようなものですし――」

「それを言うんなら、清水屋の清五郎《せいごろう》さんだって、店を始めて十年かそこらよ。季蔵さんはおとっつぁんの味を受け継いでるんだし、おとっつぁんの頃から数えれば、清水屋なんかよりずっとうちの方が古い」

「清水屋はたいした繁盛ですから」

屋台で売られることの多かった天麩羅を、桜や紅葉など、四季を愛《め》でながら、座敷で食べられるよう工夫したのが清水屋清五郎で、これが当たって、今や、三十路《みそじ》を少し過ぎた年頃ながら、市中に三軒もの茶屋兼料理屋を持つ身であった。

「ま、うちはしがない一膳飯屋なんだから仕方ないけど、口惜しいなあ、味じゃ、どこにも負けてないのに」

おき玖は唇を嚙んだ。

――この塩梅屋はずっと、隠れ者である主の表の顔がこなしてきた。清水屋やほかの店のように表舞台に立つことは、あり得ない――

「これで、不都合はありません。一膳飯屋だからできる料理もあるんですから。うちだからこそ、通い合える人と人との気持もあります」

季蔵がきっぱりと言い切ると、

「そうね。きっとそうだわ」

頷いたおき玖は、

「それに三軒が足を引っぱり合わないように見張るっていうのは、結構、重い役目よね。季蔵さん、やっぱり、お奉行様に見込まれたんだわ」

明るい顔に戻った。

この後、季蔵とおき玖、三吉の三人は鯛《たい》の味噌漬け、卵焼き、鱚《きす》の天麩羅に舌鼓を打った。

「美味い」

三吉は嬉々《きき》として好物の卵焼きを食べた。

富士屋の卵焼きは、出汁に使う昆布も卵も砂糖も、吟味した一級品を使っていてその値を裏切らず、

「鯛って、味噌漬けにして焼くと味が深くなるもんなのね。さすが、京風味噌漬け魚で評判の酔壽楼だわ」

おき玖はため息をついた。

「小麦粉ではなく、米粉を使ってるせいで、この天麩羅は冷めても衣がべたついてません」

季蔵は清水屋の工夫と技に感嘆し、

――京風の魚の味噌漬け焼き、素材に拘《こだわ》った卵焼き、冷めても美味しい天麩羅は、どれも、弁当に入っていておかしくない。お奉行はわたしに三軒の店の主を引き合わせる代わりに、当日の料理の一品を届けてきたのだろう。しかし、これでは、どの店が八百良と並んで、江戸城御用達に選ばれてもおかしくはない――

大変な熱戦を予感した。


当日の二十日の朝、季蔵はこの日の仕込みを三吉とおき玖に任せて、家を出ると、山谷《さんや》にある八百良に向かった。

八百良の前にはすでに、警護のための同心と小者《こもの》が数人、厳しい顔で立っている。

――わたしが内の見張りなら、同心たちは外のだな――

一方、物見高い江戸っ子たちが、「なんだ、なんだ」と押しかけている。その中に市中で見かけたことのある瓦版屋たちの顔もあった。

名乗って、中に入って行こうとすると季蔵に、

「いったい、料理競べはいつ、始まるんですかい？」

若い一人が訊いた。

「奉行所から招かれて来たのはいいんだが、始まるまでは駄目だって、中になかなか入れてくれねえんでさ」

「四ツ半（午前十一時頃）には始まるはずです」

季蔵は聞いた通りを告げた。

「ところであんたは？」

一番の年長にじろりと見据えられ、

「炭屋で。昨日、届けた炭の熾《おこ》り具合を見てくれといわれて来たんだ」

咄嗟《とっさ》に躱《かわ》した。

「炭の善《よ》し悪《あ》しも味にかかわるだろうね」

残りのもう一人が口を開いた。

「俺は炭を売っているだけだから料理の味まではわからねえ」

「なるほどな」

玄関では八百良の主が待ちわびていた。

代々続いた八百良の主のたしなみは茶の湯で、小柄なその主は茶の湯の家元を想わせる、おっとりした典雅な物腰の持ち主であった。ただし、今日の顔色はよくない。

――主自ら出迎えとは？――

困惑している季蔵を尻目《しりめ》に、主は用意させていた草履《ぞうり》をはくと、

「当家の守り神のところへ」

庭の稲荷《いなり》へと歩いて行った。促された季蔵は黙ってついていく。

稲荷には狐《きつね》と一緒に古い竈《かまど》が祀《まつ》られている。

主は稲荷の前で、手を合わせると、

「どうか、塩梅屋さん共々つつがなく、当家と厨《くりや》をお守りください」

深々と頭を垂れた後、素早く、季蔵の耳に口を寄せた。

「これで禍から逃れられると御老中様やお奉行様は仰せです。てまえも頭ではたしかに、それしかないと思います。けれど、あのような悪意のある川柳を送りつけてきたのは、今日、ここにお招きしている酔壽楼さん、富士屋さん、清水屋さんのうちの誰かに決まっています。そうなると、てまえは魔をお店《たな》に引き込んだことになります。取り憑かれることになるのではないか、よくないことが起こるのではないかと感じられてなりません」

身を震わせている主に、

「大丈夫です。わたしが見張っている限り、ご心配なことは決して起こさせませんから」

季蔵は無事を請け合った。

「あちらで皆様がお待ちです」

大番頭が呼びに来て、季蔵は玄関へと戻り、案内されて客間へと向かった。

床の間を背に三人の男が横一列に並んでいる。少し離れた下座に三十路を少し出た年恰《かっ》好《こう》の女が座っていた。十人並みの器量だが気の強さと豪華な身なりに補われて、艶《つや》っぽい大年増の魅力が振りまかれている。居丈高なのが玉に瑕《きず》であった。

「お奉行様から仰せつかり、これからここで行われる、皆さんの料理競べを見守らせていただく、日本橋は木原店の塩梅屋季蔵と申します」

季蔵が名乗ると、その女は、

——塩梅屋ですって？　聞いたこともない。そんなやつにどうして、名のある料理屋のあたしたちが、見張られなければならないの？　お奉行様はいったい、何を考えているんだか——

しばし不快そうに眉を寄せて、冷ややかな目で自分より下座を示した。

季蔵が女の示した場所に座ると、

「酔壽楼の主又兵衛《またべえ》です」

右端の粋な雰囲気の中年男が挨拶をした。切れ長の涼しい目元に太い眉、削《そ》いだような両頰《りょうほお》に、男ならではの独特の色気が滲《にじ》んでいる。

六

——しかし、髷《まげ》が結い立てではなく、髭《ひげ》が伸びかけている。顔が青黒い——

酔壽楼の又兵衛はすさんでいるように見えた。

「わたしは富士屋銀蔵《ぎんぞう》。そこにいるのは女房のお美菜《みな》」

真ん中に挟まれた富士屋銀蔵は、小柄でころころと身体も顔も丸かった。ただし、血色は、又兵衛とは比べようもないほど艶々している。

銀蔵の女房お美菜が頭を下げず、目礼だけで済ませようとすると、

「富士屋さん」

清水屋清五郎と思われる、瘦軀《そうく》できりりと引き締まった顔立ちのもう一人が、思いきり、渋面を作って銀蔵に声を掛けた。

「ここまで、女将《おかみ》さん連れとは夫婦仲のいいのは結構だが、いくら入り婿だからって、女房にぞんざいを許すのはみっともないよ」

するど銀蔵は女房の方をちらちらと見た。

「お美菜と申します」

お美菜は不承不承頭を下げた。

「もしや、あの富士屋藤治郎《とうじろう》さんのお血筋の方ですか？」

先々代の富士屋藤治郎は、江戸に食通の粋人ありと上方にまで伝えられた屈指の料理人だったのだと、季蔵は長次郎から聞かされていた。

「祖父です」

お美菜は誇らしげに胸を張って、

「食は三代、舌が肥えるには三代かかるって言われてますけど、あたしはもう五代目なんですよ」

「料理は天分もある。代が重なればいいってもんじゃないだろうに」

清五郎は呟いた。

「昨日、今日包丁を持った素人とは違うんです」

お美菜は清五郎を横目で睨《にら》んだ。

――すでに闘いの火蓋《ひぶた》は切られているようだ――

季蔵はお美菜と清五郎の憎悪を孕んだ目に気がついた。

一方、はらはらしている銀蔵は、困惑しきっていて、又兵衛のどんよりと曇った目は、この場に全く無関心に見える。

――ここへ集まっている以上、勝ちたくないはずはない。銀蔵さんの方は周囲をおもんばかる、温和な性質ゆえで、又兵衛さんも、また、心の奥深く、勝ちへの想いを秘めているのだろう――

ちなみに酔壽楼又兵衛を、当代の富士屋藤治郎と称す向きもあった。

――ともあれ、全員が敵意を露わにしていないのはよいことかもしれない――

そう思うことにして、季蔵は四人の後について厨へと入った。

又兵衛、銀蔵、清五郎の三人が包丁を手にした。

お美菜は銀蔵の隣りに立って、

「あたしの舌がいいと言わないものは、皿に盛らせやしないからね」

息巻いている。

ほどなく、

「塩梅屋さん、只今、お奉行様がお着きになりました。離れの茶室の方へいらしてください」

八百良の大番頭が呼びに来た。

侘助が飾られている閑静な茶室には、烏谷だけではなく、贅を凝らした錦紗の頭巾を被った侍が座っていた。

小柄で細く、大きな烏谷と比べると子どもと大人のように見えなくもなかったが、

「御老中の小久保安房守様であられる」

烏谷の巨体が精一杯縮こまった。

――お忍びとはいえ、御老中様までじきじきのおいでとは――

「塩梅屋季蔵でございます」

季蔵は茶室の給仕口にかしこまって座った。

「小久保安房守である」

安房守の目が笑った。

「わしまで押しかけては、かえって、迷惑だとわかってはいたが、美味いものに目がないのでな。江戸で指折りの料理人たちが腕を競い合うとあっては、看過することなどできはしない」

「安房守様は料理を味わい、優劣をつけたいとおっしゃっておられるのだ」

そう告げた烏谷の額が汗で光っている。

――この成り行きはお奉行様も想定外だったようだ――

「わしはここを動かない。決して、騒がせはせぬゆえ、料理人たちの自慢の腕による逸品を運んできてほしい」

安房守の目が乞《こ》うた。

「老中職にある限り、わしは常々、どのような形の賄賂《わいろ》も取るまいと決めておる。これには市中の料理屋が寄越す、四季折々の重詰めも含まれる。他の賄賂はともかく、これらだけは、いつも惜しい気持を振り切って返す。そなたが、知っておるかどうかわからぬが、大名家の三度の膳は、毒味役がいることもあって、冷めきっているだけではなく、殊《こと》の外《ほか》慎ましいからだ。一度でよいから、絶品の料理を、温かいものは温かく、冷たいものは冷たいまま、汁《なまつば》はたっぷりと、心ゆくまで味わってみたいと思っていたのだ」

ごくりと生唾を飲んだ安房守に、

「畏《かしこ》まりましてございます」

季蔵は頭を深く垂れ、茶室を出て行くと、

「すまぬな」

烏谷が追いかけてきた。

「まさか、安房守様がおいでになるとは露知らず、八百良の門の前で鉢合わせして驚かされた。前もって知らせていただけば、相応の警護をつけたものを――。御当人は、それでは気楽に美味いものが食えぬではないかとおっしゃって――。これで、そちの役目がまた一つ増えてしまった。すまぬ、本当にすまぬ」

珍しく頭を下げた。

「料理をなさる皆さんを見ているだけではなく、安房守様もお守りせよと――」

季蔵は大きく頷いて、厨へと戻った。

――これは――

一瞬、驚いたのは三者の俎板《まないた》の上に大根がのっていたからであった。

――新春弁当ではないのか?――

塗りの箱を探したがどこにも見つからない。

不審げな季蔵の表情に、

「お弁当は止《や》めにしたんですよ」

お美菜は気がついた。

「お奉行様は〝たとえば、各店の自慢の味を入れた弁当なぞで競ってみてはどうか〟と、案をお出しになりましたが、それでなければ駄目だとまでは、おっしゃいませんでした」

「弁当にすると、わたしのところが割りを食いますから」

清五郎は悪びれる様子もなく言った。

「弁当は冷めているのが普通ですから、冷めても味がしっかりしていて、それなりに美味しい、酔壽楼さんの魚の味噌漬け、富士屋さんの卵焼きに、うちの天麩羅が敵《かな》うわけがありません。米粉を工夫してみても、天麩羅は天麩羅、あつあつの揚げ立てが命ですからね」

「それを言うなら、うちの卵焼きだって、似たようなもんです。卵焼きを好きな人は多く、土産もよく売れています。けれど、それで飯が進むかといえば、また別です。弁当の冷や飯となるとなおさらです。卵焼きはそれだけで美味い食べ物で、子どものお八つや酒の肴にはなりますが、飯に合うかというと、魚の味噌漬けに、大きく引き離されてしまいます」

銀蔵は小さい目を大きく瞠《みは》って、熱心に語った。

——なるほどな——

清五郎と銀蔵の言い分には一理あった。

——自慢のものを必ず、弁当に入れて競えというのは、各々の品の持ち味を考えると、たしかに公平を欠く提案だった——

「それで、前もって皆さんで話し合って、旬の大根を使うことに決めてたんです。酔壽楼さんも承知してくれてました」

お美菜は、鍋《なべ》の火加減を見ている又兵衛の方をさらりと見遣《みや》った。

もっとも又兵衛は何も耳に入らないのか、ただただ無言でいる。

「作っているのは大根のぜいたく煮ですね」

季蔵は又兵衛の鍋の中を覗き込んだ。

大根のぜいたく煮は漬物の大根を小指の先ほどの厚さに切り、これを水に晒《さら》して塩出しした後、出汁《だし》で煮合わせたものである。

極めて素朴な料理であるだけに、何より、作り手の思い入れがものをいう。

凝り性の又兵衛は練馬に大根の漬物を特注し、出汁には必ず、吟味した醬油《しょうゆ》と新酒、味《み》醂《りん》を加え、輪切りの唐辛子《とうがらし》で味を締めた。気に入る仕上がりにならないと客には出さない。それゆえ、酔壽楼の大根のぜいたく煮はまさに贅沢《ぜいたく》の極み、絶品だと称され、遠国にまで知れ渡っていた。参勤交代の際、侍たちは花のお江戸の土産話の一つに、この料理で酒を飲もうとこぞって酔壽楼に上がった。

たしかに酔壽楼の魚の味噌漬けはたいそうな評判で、土産にまで売られているほどの人気ではあったが、西京焼きとも呼ばれ、そもそも本場は上方である。となると、大根のぜいたく煮の方が、よほど江戸料理らしいと、こちらを好む向きも多かった。

七

——弁当を大根に変えたところで、なかなか、酔壽楼には勝てまい——

季蔵はしばし、美味そうな飴色に煮えているぜいたく煮に見惚《みと》れた。

「ぜいたく煮だけが大根と思ってもらっちゃ困るね」

清五郎がにやりと笑って、鶉《うずら》を叩《たた》く包丁の手を止めた。

「俺は育ちは奥多摩でね、子どもの頃から、冬場となりゃあ、欠かせないのが野鳥なんぞの肉だった。猟の獲物は近所で分け合うのが常で、おかげで、心も身体もほっこりと温まる」

細かく叩かれた鶉肉が鍋に移され、ひたひたに酒が注がれてそぼろに炊かれた。

「野鳥の肉は、奥多摩流に味噌か醬油で煮付けるだけでも美味いが、江戸じゃあ、雑な料理だと言われかねない。だから、こうして、大根と合わせるのを思いついた」

清五郎は鍋に晒しを敷くと、小口に薄く切った大根と、そぼろを交互に重ね、出汁を注ぎ、落とし蓋《ぶた》をして煮含めていく。

「大根が鶉の臭味を消してくれますね」

なるほどと季蔵が頷くと、

「葱《ねぎ》や生姜ばかり、臭味消しに使ってるんじゃ、芸がねえってもんだよ」

「おまけに、敷いた晒しが鶉と大根、両方の灰汁《あく》を吸い取るので、上品な味に仕上がるはずです」

「さすがあんたも料理人だ」

清五郎は笑顔を向け、炊き上がったばかりのそぼろと大根の重ね煮を、さっと一口分、包丁で削ぎ落とすと、小皿に載せて季蔵に勧めた。

「新しい味にして、なつかしい味です」

たしかに、鶉のそぼろと大根の取り合わせが絶妙であった。

仕上げには、千切りにした人参《にんじん》の含め煮と、塩茹《しおゆ》でして人参とほぼ同じ長さに切り揃《そろ》えた小松菜、針柚子《はりゆず》が添えられた。瑠璃《るり》色の器の内は、赤茶に金粉で梅の花が散りばめられている。これに料理が華麗に映えて何とも美しい。

「これでもう、屋台から成り上がった、揚げ立て勝負の天麩羅屋だなんて、言わせやしねえぞ」

「あんたが奥多摩者だとは初めて知ったよ」

お美菜は目にやや蔑《さげす》みの色を浮かべて、

「そぼろと大根の重ね煮ってえのがこの料理の名なんだろうけど、いっそ、奥多摩大根、いいや、田舎大根って名づけたらどうなのかね」

冷ややかに笑った。

清五郎は動ぜず、

「そういう富士屋さんの料理は、変わり映えのしねえ穴子《あなご》なんだろ?」

ふんと鼻を鳴らして、銀蔵が開いている俎板の上の穴子を見据えた。

「そうですよ、うちは穴子大根です」

お美菜の目は季蔵に向けられて、

「先々代の頃から、うちにいらして、穴子大根を召し上がらないお客さんはいらっしゃいません」

自慢げにぐいと顎《あご》を引いた。

近隣で豊富に獲《と》れることもあって、江戸っ子なら誰もが穴子好きであった。

銀蔵は開いた穴子を湯通しして、鍋に入れ、酒、砂糖、味醂で煮含めていく。

さらにここへ皮を剝《む》いて縦半分にして、小指の長さほどに切った大根を入れ、柔らかくなるまで煮て、しっかりと穴子の旨味《うまみ》を大根に移す。

大根が煮えるまでの間、銀蔵は添え物の菜種《なたね》に取りかかった。

湯通しした菜種を冷水でさらした後、鰹節《かつおぶし》でとった出汁に味醂、醬油を加えてこくを出した八方汁につける。

「これがあの有名な富士屋の菜種ですね」

富士屋では、先々代の頃から、どこからともなく、季節外れの菜種を調達してきて、冬中、穴子大根に限らず、土産の卵焼きに至るまで、ありとあらゆる料理に添えていた。実は富士屋が市中のどこかで、早咲きの菜種を育てているのだろうが、その場所は一切明かされていなかった。

富士屋の冬菜種については、

「いいね、あの何とも言えない、甘く青い香りと独特の苦味が。春告げ鳥ならぬ、春告げ味だよ」

毎年、粋人たちの口に上り、瓦版屋がここだ、あそこだと書き立てた挙げ句、

「まあ、どこでもいいじゃないか。富士屋の菜種のおかげで、寒くて辛《つら》い冬が多少ほっこりするんだから」

というような、食通の一人の談話で締め括《くく》られる。

穴子大根は菜の花畑を想わせる、黄地に緑の葉が描かれている器に盛りつけられ、仕上げは粉山椒《こさんしょう》が一振りされる。

「いかがです？」

銀蔵から小皿を受け取った季蔵は、箸をつけて、

――菜の花は春の先取りを想わせるだけではなかったのだな。菜の花のぴりっとした香りと粉山椒、どちらも穴子と大根を引き立てている。何という奥の深さだろう――

計算され尽くした味の調和に舌を巻いた。

「器も先々代からのもので、料理に合わせたんですよ。どこぞの成金趣味の器とは違うんです」

お美菜は意地の悪い目で、大根とそぼろの重ね煮が盛られている器を見た。

「成金趣味だと？」

清五郎の眉が上がった。

「ええ、そうですとも。田舎料理をもっともらしく見せるために、金箔《きんぱく》を使った器を使うなんぞ、うちの先々代が生きていたら、料理人の風上にも置けないと、決して、放ってはおきませんよ。あんたなんて、今頃、江戸を追われていたはずですよ」

「よくもそこまで」

清五郎のこめかみに青筋が立った。

「塩梅屋さん」

大声を上げて、

「あんたは今、うちの料理も富士屋のも両方食べた。それでどう思う？　どっちが美味

い？」

詰め寄らんばかりに声に怒気を含ませた。

――これはいかん――

「どちらも大変、結構なお味でした」

そう言って、季蔵は頭を浅く下げた。

「どっちが美味かったかと訊いてるんだよ」

清五郎の声でその場の空気がびりびりと震えた。気の弱い銀蔵はうつむいてしまっている。

「馬鹿みたい」

お美菜はからからと笑って、

「料理に勝ち負けをつけるのは、この男《ひと》じゃないって、聞いてますよ。だから、訊いたって無駄なんですったら」

「その通りです」

季蔵はお美菜に頷いた。

「それじゃ、作ったこの料理はいったい、誰が食べて、勝ち負けを決めるんだい？」

清五郎の目は据わったままである。

季蔵は誰とは応えず、

「順次、わたしがお運びして、味わっていただくことになります」

「まさか、遠くにおいでになるのでは？」

銀蔵が目を上げて、

「冷えてしまった料理で、勝ち負けをつけられるのは本意ではございません。そのための大根勝負なのですから」

珍しくきっぱりとした物言いをした。

「汁が冷めるほど遠くではありません」

これまた、安房守が内緒で訪れている以上、離れの茶室に居るとは言えなかった。

「それでも、あんたもここにいるからには、多少は物を言うんだろう？」

清五郎の必死なまなざしは、さっきの季蔵の褒め言葉を抱きしめて、何とか加勢してくれと嘆願している。

——はて、困った——

烏谷一人ならいざしらず、老中安房守の前で、季蔵に意見を言う機会があるとは考えにくかった。

無理な話だと言い切ろうとして、

——そうだ——

この時、季蔵は重大な事柄を見落としていたことに気がついた。

——安房守様に召し上がっていただくともなれば、毒味が欠かせない——

清水屋の大根とそぼろの重ね煮と富士屋の穴子大根は、料理の一部始終を目にしていた上にすでに味見をしていた。

――酔壽楼の大根のぜいたく煮はまだだった――

そこで季蔵は、

「末席ながら、多少の意見はもとめられるかもしれません」

方便を口にして、

「それゆえ、酔壽楼さんのぜいたく煮も、是非、味見をさせてください」

終始無言を続けていた又兵衛に言った。

「ん」

そう呟いたかどうかも定かではなかったが、頷いた又兵衛は、見事な伊万里《いまり》焼の器に盛った、大根のぜいたく煮を差し出した。

「これはお運びするものなので、できれば、一箸、二箸分、小皿に取り分けていただけないものかと――」

季蔵が乞うとまた、又兵衛は頷いて、鍋の横に置いたままの菜箸に手を伸ばしかけた。

その手が届きかけた時、苦悶《くもん》の表情を浮かべて、又兵衛の身体が大きく傾《かし》いで崩れ落ちた。調理台の上にあった伊万里が土間床に落ちて割れ、赤い輪の唐辛子を載せたぜいたく煮が飛び散った。

倒れた又兵衛はぴくりとも動かない。

第三話　ごちそう大根

一

「又兵衛《またべえ》さん」

駆け寄った季蔵《としぞう》は、驚いて助け起こそうとしたが、すでに又兵衛は息をしていなかった。

「亡くなっています」

季蔵が告げると、銀蔵《ぎんぞう》と清五郎《せいごろう》は色を失って凍りつき、

「そんな馬鹿な」

真っ青になったお美菜《みな》は、

「まさか、そんなこと」

倒れている又兵衛を凝視した。

この時、さっと風が巻き起こったかのように感じた。猫だった。真っ白で綺麗《きれい》なその猫は、よく肥えて堂々としている。

「たまや、たま、たま」

年の頃、十五、六歳と思われる、八百良《やおりよう》の小僧が厨《くりや》の勝手口を開けて、猫の名を呼んだ。

勝手口からは倒れている又兵衛の姿は見えない。

大根のぜいたく煮を咥《くわ》えたたまが、上がり框《がまち》の上に飛び乗っている。美味《うま》そうに食べてにゃあと満足げに鳴いた。

「お邪魔してすみません。あのたまは元は野良だったんですが、これはたいした食通猫だ、料理屋に福をもたらすと、御隠居さんが大変お気に入られて、飼われることになったんです。たまときたら、野良の時に覚えたのか、好みが変わっていて、酒の肴《さかな》に目がない上に、辛《から》い味好きなんでして」

厨の中を進んだ小僧は、あっと声をあげた。

「これはいったい――」

こわごわと土間に横たわっている又兵衛を見つめている。

季蔵は事の次第を話して聞かせた。銀蔵、清五郎、お美菜の三人は時折、頷《うなず》いて相づちを打った。

「ということは、酔壽楼《すいじゆろう》の旦那《だんな》様が亡くなったのは、誰かの仕業――」

小僧は、たまがつまみ食いをした伊万里《いまり》の器を凝視した。

「あれに毒でも入れられてたってことなんですか？」

「まだ、わかりません」

しかし、季蔵の言葉は聞こえていないようで、

「ぜいたく煮を食べたたまもいずれ――」

日頃から可愛《かわい》がって、情が移っているせいなのだろう、小僧は上がり框の上のたまに案じる目を投げた。

「今しばらく、ここで、皆さんと一緒にいてください。もちろん、たまも一緒に」

と小僧に頼んで、季蔵は勝手口を出ると、店の裏庭を歩いて茶室へと向かった。

――又兵衛さんがいなくなれば、富士屋《ふじや》、清水屋《しみずや》にとって、強敵が一人減ることになる。それゆえの毒殺となれば、どちらの仕業であってもおかしくない――

小僧に頼んだのは、三人をこの場から逃さないためであった。

給仕口の前で、断りの言葉を言って戸を開けると、

「料理はまだか？」

待ちきれない安房守《あわのかみ》に問い詰められた。

「もう、しばらくでございます」

季蔵は烏谷《からすだに》に目配せして茶室を出た。

蹲踞《つくばい》の傍《かたわ》らで待っていると、

「何だ、何が起きた？」

茶室の戸の軋《きし》む音が聞こえて、烏谷が背後に立っていた。

季蔵は烏谷にも事情を話すと、

「料理どころではなくなったな」

開口一番、残念そうに洩《も》らし、後は両腕を組んで、うーむと唸《うな》り続けた。

「まだ、毒による仕業と決まったわけではございません。持病によるものとも考えられます。できれば、医者の手配をお願いしたいのですが――」

「それはならぬ」

にべもなく烏谷は言い切った。

「外には瓦版屋《かわらばん》も押しかけているではないか。このような不始末を表沙汰《おもてざた》にするわけにはいかぬ。そちをここへ呼んでおいたのは、こうしたこともあろうかと、思ったからだ」

「それでは、わたしにどうせよと？」

「安房守様にはくわしくは話さず、ただ、変事が起きたとだけお報《しら》せして、御屋敷まで使いをやって、裏から駕籠《かご》でお帰りいただく。安房守様のお身にまで何かあってはならぬゆえな。後はそちが、なにゆえに酔壽楼主《あるじ》又兵衛が急死したのか、調べるのだ。酔壽楼の死に富士屋、清水屋が、関《かか》わっているのか、否か、まずは厳しく詮議《せんぎ》せよ、いいな」

そう言って茶室へ戻ろうと踵《きびず》を返した烏谷は、

「言うまでもないが、町方は呼ばぬぞ。田端《たばた》や松次《まつじ》がうろついては人目に付く。酔壽楼の一件が片付いたら、何事もなかったかのように、この料理競《くら》べは続ける。誰にもこのことを悟られてはならぬ。そち一人でやり遂げるのだ」

迫力のある大きな目をぐるりと回して念を押した。

「わかりました」

季蔵が厨へ戻ると、

「大丈夫のようです」

たまは小僧に抱かれて、にゃあ、にゃあとうれしそうな声をあげている。

「まだ油断はできません。効き目の遅い毒もありますから」

「それではわたしはまだここに？」

「ええ、たまと一緒にいてください。この先、何か、たまに変化が起こるかもしれません
から」

「へい」

小僧はたまの頭を愛《いと》おしそうに撫《な》でた。

季蔵は又兵衛の骸《むくろ》に屈《かが》み込んだ。

――たしか、助け起こそうとした時、ひどく酒の匂《にお》いがした――

又兵衛の口元に鼻を近づけてみたところ、柿《かき》の熟したような、深酒した時特有の臭《にお》いが
強かった。

「又兵衛さんは酒を飲みながら料理をしていたようです。お気づきでしたか？」

季蔵は三人の顔を交互に見た。

「片時も酒を手《て》放《ばな》せない酒好きは、料理人に多い悪癖だよ」

清五郎がぽつりと洩らした。

「酒を極めないと、お客さんに気に入られる肴はつくれないってえんだったら、俺は納得

できない」

銀蔵の語調は思いの外強かった。

「あんたは下戸《げこ》だから」

お美菜が冷ややかに言った。

「うちの先代も先々代も、豪気に酒を飲んで包丁を握ってたもんだよ。そのせいで一目置かれてた。料理人が大酒飲みでも、あたしは、そう悪いとは思わないね」

「それで料理がよけりゃあいいが――」

銀蔵は口をへの字に曲げた。

――そろそろ、いいだろう――

季蔵は箸《はし》を取って、伊万里の大根に伸ばした。

箸で切った大根のぜいたく煮を一切れ、口に入れてみた。

――これは――

顔をしかめかけたが、そのまま、何とか、胃の腑《ふ》へおさめたところへ、

「だ、大丈夫ですか？」

小僧が金切り声をあげ、料理人たち三人も、慄然《りつぜん》とした表情で見守っている。

季蔵は残っているぜいたく大根を、小僧に抱かれているたまの鼻先に近づけた。

「や、止《や》めてください」

ところが、たまはふんふんと嗅《か》いだだけで、ぷいと顔をそむけてしまった。

「や、やっぱり毒のせいで——」

小僧の狭い額から冷や汗が流れ続けている。

「いや」

「でも——」

小僧は親の敵《かたき》でも見るかのように、伊万里の大根を睨《にら》んでいる。

「これに毒が入っているのだとしたら、猫のたまは、苦しみ出しているか、死んでしまっているはずです。この料理に毒は仕込まれていません。ただし、これには二度とたまが食べたがらない理由《わけ》があるのです。どなたか、わたしに続いて、召し上がってみてはいただけませんか。天下に名を轟《とどろ》かせている、皆さんも、召し上がったことはおありでしょうが、ここは今一度、絶品の味見をどうぞ」

「結構です、勘弁してください」

小僧は夢中で首を横に振った。

「俺も料理人のはしくれだ。毒味じゃない、味見だと言われるんなら、受けて立つしかない」

最初に箸を取ったのは清五郎だった。

無言で銀蔵、お美菜夫婦が続いた。

二

「あっ」

とお美菜は叫び、

「何だ、こりゃあ」

清五郎は近くにあった小皿を取り上げて吐き出した。

「食えたもんじゃない」

銀蔵は無言で顔をしかめて咀嚼《そしやく》した。

「こんなのは酔壽楼のぜいたく煮じゃぁないわよ」

お美菜は眉根《まゆね》を寄せ、

「そうだな、これじゃ、酔壽楼の名に傷がつく」

清五郎まで同調した。

「甘すぎる。味が台無しなのは、出汁《だし》を酒ではなく、味醂《みりん》だけで味付けしているからだ」

銀蔵は味付けの不具合を指摘した。

頷いた季蔵は、又兵衛が使っていた調理台の前に立った。

――ぜいたく煮の味付けに使うのは、出汁を取るための鰹節《かつおぶし》に醤油《しようゆ》、酒、味醂――

調理台の上には、削られた後の鰹節が削り小刀と一緒に並んでいる。極上の醤油の瓶もあった。

――酒と味醂はどこにあるのだろう？――

探したがすぐには見当たらなかった。

料理屋の八百良には幾つもの竈《かまど》と調理台がある。料理の腕を競い合う三人は、隣り合わずに、一基おきに空いた竈と調理台を使った。

――もしや――

季蔵は又兵衛の調理台の右にある、使われていない調理台の横に無雑作に広げられた手《て》拭《ぬぐ》いの下から大徳利を摑《つか》み出す。どちらも空だったが、口を開けて嗅いでみると、二本とも新酒のいい匂いが残っている。

――味醂はどこに？――

左の竈のそばに味醂の入った瓶はなかった。

――たぶん――

季蔵が竈後ろをのぞくと味醂の瓶が隠されていた。こちらの方はほとんど空であった。

「どうやら、又兵衛さんは大徳利二本も飲んで、料理を作っていたようですね。酒に酔い過ぎたので、料理がおろそかになって、味醂で仕上げてしまったようです。皆さんは気づかれませんでしたか？」

季蔵の言葉に、

「人づてに又兵衛さんがいつも寡黙なのは、朝から飲んでいる酒の匂いを、隠すためだと聞いたことがあります。でも、今日は料理を競い合うわけですから、自分の料理のことで頭がいっぱいで、とても、人のことまでは目に入らなかった」

銀蔵は困惑気味に応《こた》えて、女房に相づちをもとめたが、

「うちのひとは、真面目《まじめ》だけが取り柄ですから」

亭主の方を見ずに呟《つぶや》いた。

「俺も気がつかなかった」

清五郎が頷くと、

「あなたはどうです？」

季蔵は小僧に訊《き》いた。

——今日一日、ここを任せられているらしく、たまが入って来ていない時でも、顔を覗《のぞ》かせていた——

「たしか、酔壽楼の旦那さんがここへ入ってくる時、手に持っていたのは大徳利が一本に味醂の瓶。三本は持っていなかったように思います」

小僧が首をかしげると、

「おおかた懐の中にでも隠してたんだろうよ。そばに酒がないと落ち着かない大酒飲みがしでかしそうなことだ」

清五郎が言った。

「大徳利を懐に隠すのはむずかしいです」

首を横に振った季蔵は、富士屋、清水屋の調理台へと足を進めた。

「何を調べてるんです？」

お美菜は苛立《いらだ》った声を上げた。

「酒の入った大徳利の数です。又兵衛さんが酒好きであることを、仲間うちのあなた方は知っていました。となると、ここの誰かが又兵衛さんにしたたか、酒を飲ませて料理させ、大事な舌を鈍らせようとしたのです」

「富士屋さんは一本。間違いありませんか？」

季蔵は小僧に念を押した。

「はい」

「清水屋さんも一本？」

すると小僧は当惑顔で、

「清水屋の旦那さんは二本、下げておられたように思います」

「間違いありませんか」

「ええ」

「見間違いだ」

清五郎が大声を上げて、

「俺も皆と同じように一本だよ」

恐ろしい形相《ぎょうそう》で小僧を睨みつけた。

「そんなことをおっしゃられても――」

小僧は震えながら目を伏せた。

「わたしも清水屋さんは大徳利を二本、ここへ持ち込んでいたと思います。一本は腕によりをかけた料理に使うためで、もう一本は又兵衛さんに飲ませるためです」

季蔵がきっぱりと言ってのけると、

「卑怯者《ひきょうもの》」

お美菜の目が吊《つ》り上がった。

「自分が選ばれるためなら、手段を選ばなかったんだね」

「じゃあ、殺したのはその旦那さんなんですね」

小僧は恐ろしげに両目を見開いて息を詰めた。

「人殺しは死罪だよ」

お美菜の声が冷ややかに響いた。

「な、何を言い出すんだ」

清五郎は冷や汗を流した。

「知らぬ存ぜぬは通じませんよ。この小僧さんの目が何よりの証《あかし》です」

季蔵は清五郎を鋭く見据《みす》えた。

「たしかに俺は、一本多く酒を用意してきて、酒を又兵衛の調理台の下に置いたよ。二本あれば、あいつの酒の虫が疼《うず》いて、飲み出すに違いないと踏んだんだ。味や腕じゃ、富士屋には負けねえ自信があったが、どうあがいても、又兵衛には負けるとわかってた。素面《しらふ》で作らせりゃ、ここにいる誰も又兵衛にはかなわねえのさ。それと、俺はこの通りの新参者だが、又兵衛の酔壽楼は富士屋ほどではねえがたいした老舗《しにせ》だ。腕がいい上に毛並みもいいとなりゃあ、妬《や》けるに決まってる。俺はここへ引き出されて、料理を作らされるだけの、刺身のつまで終わりたくなかった。ただ、その一念でやったことだよ。だが、俺は酒を又兵衛の近くに置きはしたが、それに毒は入れちゃいねえ、本当だよ」

「そんな言い訳、信じられませんよ」

お美菜の清五郎を見る目はいよいよ怒りに燃えた。

「早く、番屋にこの人殺しを引き渡してください」

——味を落とすのが目的で人殺しまでするとは考えられないが、人は弾みで、そんな恐ろしい所業に走ってしまうものかもしれない——

しばし、季蔵が清五郎を下手人と決めつけることに躊躇《ちゅうちょ》していると、

「思い出したことがあるんですが」

小僧がおそるおそる口を開いた。

「酔壽楼の旦那さんに厠《かわや》の場所を訊かれました」

「それはここへ入ってきてすぐにですか？　それとも時が経《た》ってからですか？」

「すぐにです。ここで料理競べをする方々のための厠は、裏庭の柘植《つげ》の木の下にあるものと決めてあったので、場所をお教えしました。酔壽楼の旦那さんは、〝ああ、よかった〟とおっしゃって、ほっとした顔をなさり、厠へ行かれました。そして、ほどなく戻られて、

料理を始められたんです」

聞いた季蔵は勝手口から裏庭へと向かった。厠の前に立ち、扉を開ける。窓の桟《さん》の上に蓋付きの竹筒を見つけた。手を伸ばして、それを取り、ぴったりとおさまる木蓋を押し上げると、ぷんと酒の匂いが鼻をついた。まだ半分ほど残っている。

――又兵衛さんはここでも飲んでいたのか――

そう大きくない三寸（約九センチ）ほどの竹筒を見つめた。

――酒は入っても一合だ。この大きさなら、懐に忍ばせることができる。これは又兵衛さんが、大事な舞台を前にして、緊張を緩めるためのものだったのだろう――

季蔵は酒の入った竹筒を手にすると厨へと戻り、狐《きつね》に抓《つま》まれたような顔の三人を尻目に、

「この家に鼠取《ねずみと》りの籠《かご》はありますか？」

と小僧に訊いた。

「ございますし、いつも鼠が沢山かかっています。食い道楽が過ぎると、猫も鼠とりに熱心ではなくなるようです」

答えた小僧が、早速、鼠取りの籠を用意してくると、小皿と竹筒を手にした季蔵は、小僧を促して、勝手口から外へ出た。

竹筒の酒を小皿に取り、ちゅうちゅうと鳴いている空腹な鼠たちに与える。ほどなく、鼠たちは鳴かなくなった。小さい身体《からだ》とあって、毒の効き目は早かった。

――やはり、そうだったか――

勝手口の戸を開けた季蔵は、

「思った通り、この竹筒に毒が、たぶん、石見《いわみ》銀山鼠取りでしょうが、仕込まれていました。又兵衛さんを殺したのはこの毒です。ただし、これは又兵衛さんの持ち物のようなのです」

と告げた。

三

「酔壽楼さんは、自分で毒入りの酒を飲んで亡くなったということですか？」

小僧は首をかしげ、

「さっきのぜいたく煮は酷《ひど》かったからね。酒に溺《おぼ》れた自分がとことん嫌になったってことも考えられる」

清五郎が頷くと、

「それじゃあ、あの男は、死ぬために料理競べの大舞台に上がったっていうのかい？」

お美菜の目は変わらずきつい。

「料理人ってものは、俎板《まないた》を前に包丁を持ったまま、厨で死にたいもんだと言ったのは、おまえのおとっつぁんの先代で、これも先々代からの申し送りだと聞いてる。案外、又兵衛さんもそうだったのかもしれないよ」

銀蔵はしんみりと言った。

「だとしてもさ、あんたのせいで余分な酒を飲んだから、こうも、あっけなく逝っちまったのかもしれない」

お美菜は恨みがましい口調で清五郎に迫った。

「血の巡りをよくする酒をたくさん飲んだので、毒が身体に早く回ったのは事実でしょう。ですが、竹筒の酒に毒が入っていたことを、又兵衛さんが知っていたかどうかはまだわかりません」

季蔵の指摘に、

「好きな酒を浴びるように飲んで、料理競べで錦《にしき》を飾って逝こうとしたんじゃねえのかい？」

清五郎は意外な面持《おもも》ちになった。

「あなたがおっしゃるように、これを料理の花道にするつもりだったのなら、厠へ行って毒入りの酒とわかっていて口にした後、大徳利を二本も空にはしなかったのではないかと思うのです。酒を飲みすぎれば味覚が鈍くなることぐらい、又兵衛さんも料理人ならわかっていたはずです。とはいえ、片時も酒を手放せない大酒飲みと噂《うわさ》されるほど、溺れてしまっていては、常から、多少は身体に入れておかないと落ち着かず、包丁を握る気もせず、やむなく、隠し持ってきた竹筒の酒を厠に置いて、時折、気を鎮めるために、こっそりと飲むつもりだったのではないでしょうか？」

「説明してもらって、又兵衛さんの気持が少しわかるような気がしてきました。包丁を握ったまま、厨で往生してもいいっていうのは所詮《しょせん》大見得です。料理というのは常に勝負です。それもお客さんの当たりでころころ変わる、喧嘩《けんか》や賽《さい》の目よりも頼りない勝負です。負けると思って勝つことはないが、会心の出来だ、これは間違いないと信じてお出しして、糞味噌《くそみそ》にけなされることも数えきれないほどあります。とことん嫌になって、止めたいと思うことだってあるんでしょうね。料理人が酒に逃げる理由の一番はそれだと思います。酒を飲んで、どんよりとしてりゃあ、客の苦情もそう鋭くは耳を突かないでしょうし、勝ち負けに気持を磨《す》り減らさずにすむ。深酒が過ぎるという話は聞いていましたが、騒ぎを起こしたことなど一度もなく、又兵衛さんの酒はただただ、気を鎮めるためのものだったのでしょう」

銀蔵は思い当たる節《ふし》があるらしかったが、

「それほど弱い心だったら、こんな舞台に出ずともよかったのに」

お美菜が罵《ののし》ると、

「そいつはちょいと情のねえ言葉だよ。あんたの亭主が言ったように、料理は勝負、そいつを競べて、褒美はお城出入りだってえんだから、料理人なら誰しも血が沸き立つもんだよ。大きな勝ち負けを前にしたら、たとえ、自分の胸を刺しちまうことがあっても、包丁を握らずにはいられない。それが料理人ってえもんさ。又兵衛も同じだったはずだ」

清五郎は諭《さと》すように言って、

「俺は疑いが晴れたんだろうね」

季蔵に念を押した。

「はい。でも――」

「又兵衛に酒をけしかけちまったことで、失格になるんだろう」

「残念ながら」

季蔵は薄切りの大根と叩いた鶉《うずら》が風味豊かに重ね合わされている、典雅な味わいと美しい飾り付けの一品を見た。

――ぜいたく煮も穴子大根も、極められた味ではあるが知られすぎている。清水屋さんの大根の重ね煮には、心が浮き立つような新しさがある。これが一番に選ばれても不思議はなかったのに――

重ね煮を見つめている季蔵に気づいた清五郎は、

「いいんだよ」

和んだ顔を向けて、

「一人でも俺の腕を認めてくれたんならそれでいいんだ。これで俺としては勝ち。そもそも弱味をついて酒を使って勝とうなんて考えたのがいけなかった。料理人は包丁と包丁で闘わねえとな。魔がさしたとはいえ、我ながら恥ずかしい真似《まね》をしたと悔やまれる。俺のけしかけた酒がなかったら、たしかに富士屋の女将《おかみ》さんの言う通り、又兵衛さんは命を永らえたかもしんねえし――。この通りだ」

季蔵や富士屋夫婦にだけではなく、小僧や又兵衛の骸にも頭を下げた。

季蔵は十匹近くが腹を見せて倒れている、鼠取りの籠を指差して、

「ほんのお猪口《ちょこ》一杯ほどでこれですから、それはないでしょう。竹筒は一合は入るもので、残っていたのは半分ほどでした」

「又兵衛さんが自分で死んだんじゃないんなら、その竹筒に毒を仕込んだ奴が下手人だね?」

お美菜は憎々しげに竹筒を見据えた。

「そういうことになります」

「早くそいつを捕まえとくれ。すぐに、定町廻《じょうまちまわ》りの旦那や十手を預かる親分を呼ぶんだろうね」

「下手人は明らかにしたいと思っています」

季蔵は曖昧《あいまい》に応えて、

──はて、お奉行がおっしゃるように田端様や松次親分に報せずに、この場を納めるにはどうしたらいいか──

思案していると、

「季蔵さん、お呼びです」

中で起きている変事を知る由《よし》もない、大番頭が勝手口から声を掛けた。

──まだ、黙っているように──

季蔵は小僧に向けて目をぱちぱちさせると、

「今、まいりますとお伝えください」

再び、勝手口から庭へと出た。

茶室にはすでに安房守の姿はなかった。

「やれやれ、やっと御屋敷にお戻りいただいた」

烏谷の額の冷や汗はまだ乾いていない。

「何が起きたのかと、何度もお訊《たず》ねになられるので難儀した。どうしても美味い料理を味わって、料理競べの優劣を見届けたいとおっしゃってきかないのだ。それで仕方なく、事情を話すと、〝何という不届きな所業だ〟と目を吊り上げて怒られ、〝この場でそのようなことが起きたとあれば、お上の威信に関わる。皆には今日の料理競べは引き分けと伝え、また、日を改めよ。下手人は伏せて詮議し、必ず捕らえるのだ〟と命じられた」

――やはり、どうあっても、伏せるのだな――

烏谷は先を続けた。

「残った料理人たちに、決して他言しないように言い聞かせ、迫真の勝負が引き分けとなったところで、酔壽楼又兵衛の加減が急に悪くなり、家に帰ったと口裏を合わせさせるのだ」

「わかりました」

「ところで、清水屋清五郎は不正を働いたと申したな」

「はい」

「その不正、見逃してやる代わりに、真実を洩らすこと相成《あいな》らんと釘《くぎ》を刺せ。人の口に戸は立てられぬもの。不平不満が引き金とあらばなおさらだ。酔壽楼が骸となり、清水屋の不正が明白になったとあらば、勝者は残った富士屋と決まったようなものだ。それゆえ、富士屋の口はたやすく封じられるが、清水屋となるとそうはいかぬ」

「清水屋は自分の出来心を心から恥じている様子でした。とても、そのような気性には見えませんでしたが――」

季蔵は腑《ふ》に落ちない顔をした。

「そちはまだまだ甘い」

烏谷はワハハと大声で笑い、丸い目をぐるぐると動かした。

「それは闘わずして、富士屋に軍配が上がって、千代田の城への出入りが許されてみねばわからぬものだ。勝負ではなく、飲ませた酒が禍《わざわい》して勝ちを逃した清水屋は、たとえ、当初は黙っていても、そのうち、それこそ、酔った勢いで真相を人に話すことだろう。いいか、ここは恩を売って確実に口を塞《ふさ》ぐのだ」

――そんな想像はしたくないが、人の心とはたしかにその通りかもしれない――

「お奉行がおっしゃったことをそのまま伝えます」

厨に戻った季蔵は、烏谷から指示された通りに銀蔵や清五郎に話し、小僧に大番頭を呼びにやらせた。

又兵衛の骸を見た大番頭は一瞬、目を剝《む》いたが、

「うちは料理屋なので、お客様に突然、このような変事が起きることもございます。骸を乗せるのに慣れている駕籠屋とも懇意にしておりますので、ご心配にはおよびません。今、すぐ、手配いたします。どうか、しばらくお待ちください」

狼狽《うろた》える様子もなく、きびきびと立ち働いた。

四

こうして又兵衛の骸が運ばれて行った後、富士屋の主夫婦と清五郎が去り、烏谷も、

「後はぬかりなく頼む」

裏から駕籠に乗り八百良を後にした。

「お訊ねしたいことがございます」

大番頭は季蔵に膝《ひざ》を折って、

「門の外で瓦版屋がずっと待っています。てまえが聞いている話では、瓦版屋たちはお奉行様が料理競べの噂を流して集めた者たちだそうで、料理競べの勝負がついたところで、てまえどもの主が誰が勝ったかを発表し、酔壽楼さん、富士屋さん、清水屋さんの料理についての寸評を述べることになっているとのことでした。そのようにお奉行様から申し付かっているそうです。このような事態になってしまっても、やはり、主が出て事の次第を説明しなければいけませんか？」

——お奉行は瓦版屋を集め、料理人たちの腕自慢の料理を興味津々に書かせた上、お城出入りの料理屋が、八百良のほかにもう一軒加わるという賑《にぎ》やかな話で、とかく、澱《よど》みがちな市中の空気を明るくしようとしたのだろうが——

「ご主人にはまだ、変事をお知らせになっていませんね」

「はい。茶人でもある旦那様には、決して申し上げられません。味の極意を競う料理競べに死者なぞ出ては、とても、風流とは言えぬ、陰惨この上ない成り行きですからね。それに旦那様は心《しん》の臓もいくらかお悪いのです。病で亡くなられたのならともかく、あのような酷《むご》い死に方をお知らせしたら、引き分けになって、後日、また勝負の日を設けるなぞという方便を語るどころか、驚きを通り越して、即座に寝ついてしまわれるのではないかと案じられるのです」

「ではあなたが代わりに伝えてください」

「そうさせていただきます。ありがとうございます」

大番頭はほっと胸を撫《な》で下ろすと、紋付き袴《はかま》に着替えた。八百良の門前では、瓦版屋たちは、もちろん、始まりの時にいた何倍もの江戸っ子たちが、結果を待ちわびていた。中にはどの料理屋が勝つか賭《か》けを始めている者もあった。大番頭の料理の寸評をただ美味そうだと言うだけで涎《よだれ》を垂らす者もいたが引き分けと聞くと、その涎も引っ込み、四散していった。

大番頭の巧みな芝居が終わり、野次馬や瓦版屋たちがいなくなるのを待って、季蔵は八百良を出た。

知らずと足は木母寺《もくぼじ》の酔壽楼へと向かっている。

――竹筒に毒を仕込んだ者は又兵衛さんの近くにいる――

季蔵は又兵衛の店の者に話を訊くつもりであった。

――しかし、何も知らない――

田端や松次が持ち込んでくる事件ならば、あれこれと調べがついていることが多いのだが、今回の又兵衛については、酒好きの大酒飲みながら、料理に天賦の才があったこと以外、何も知らなかった。

――家族はいるのだろうか？――

季蔵は寡黙な又兵衛のやや暗い目を思い出していた。

酔壽楼は周囲にぐるりと竹林をめぐらした中にあった。

――美しい――

竹林は静まりかえっている。

葉の落ちた竹は真っ直ぐに空に伸びていて、節からしんと鳴る音が聞こえてきそうであった。

――料理は景色を食べることもあるのだと、とっつぁんが言っていた。これはまさにそれだ――

藁葺《わらぶ》き屋根の店の玄関で、

「ごめんください」

声を掛けると、

「今日は理由《わけ》あって、早々に店仕舞いさせていただきました」

奉公人と思われる二十七、八歳の男が姿を見せた。色が浅黒く表情が読み取りにくい。

唯一、肌より黒い目だけが光っている。

——この男も暗い目をしている——

又兵衛に似ている、どんよりと淀《よど》んだ目だと季蔵は思った。

——もしや、主同様、昼間から——

鼻を蠢《うごめ》かしてみたが、酒は匂ってこない。

「本日、八百良にて、こちらのご主人の最期を見届けさせていただいた者です」

名乗った季蔵は、

「ご家族がおいででしたら、その時のことをお話しさせていただきたいのです」

「そうでしたか」

男は一瞬、泣きそうに顔を歪《ゆが》めて、

「わたしはこちらでお世話になっております、板前の浩吉《こうきち》と申します。今、女将《おかみ》さんに知らせて参りますので、どうか、少し、お待ちください」

——連れ合いがいたのだな——

季蔵はほっとした。

ほどなく、

「こちらへどうぞ」

浩吉は又兵衛の骸が安置されている、奥の部屋へと季蔵を案内した。

又兵衛は北枕《きたまくら》にした布団の上に横たわっている。白装束に着替えさせられ、悶絶死《もんぜつし》した時の苦悶の表情は消え、紫色の線香の雲の中で安らかに眠っているかのように見えた。

季蔵が挨拶をすると、

「りんです」

又兵衛の女房は深々と頭を下げた。

こんな時でも、その名の通り、背筋を伸ばして凛《りん》とした佇《たたず》まいを崩していなかった。

――こちらは南茅場町《みなみかやばちょう》のお涼《りょう》さんに似ている――

横顔を見せると、喉《のど》のあたりが小刻みに動いている。

――泣くまいと必死に涙を堪《こら》えているのだ――

「線香をあげさせてください」

季蔵は又兵衛の枕元の線香立てに手を合わせた。

「うちのひとは人づきあいが苦手でしたので、通夜《つや》も野辺《のべ》の送りも、わたしたち内輪だけで、ひっそりと済ませることにしました。ですから、あなたもお断りしようとは思ったのですが、朝、元気で出て行った人が、なぜ、こんな姿になってしまったのか、どうしても聞きたくて――」

おりんは血が滲《にじ》むほど強く唇を嚙《か》みしめた。

季蔵は真実を告げた。

「ということは、うちのひとは病ではなく、自分で死んだか、殺されたのだとおっしゃるんですね」

聞き終わったおりんの顔からすーっと血の気が失《う》せて、座っていた身体が前のめりに倒れかかり、あわてて、支えた季蔵は、

「浩吉さん、浩吉さん」

大声で呼んだ。

駆けつけた浩吉が、

「女将さん、しっかりしてください。今すぐ、誰かに床をとらせましょう」

しきりに案じたが、おりんは首を横に振り続けて、

「それで、いったい、自害なのか、殺されたのか、どちらなんです？」

季蔵の顔に目を据えた。

「自害だとしたら、心当たりはあるのでしょうか？」

「料理屋は流行《はや》れば流行るほど、料理人は腕がいいと褒められれば褒められるほど、辛《つら》く苦しくなる、たいそう因果な仕事でございますから——」

おりんは銀蔵や清五郎が語った苦労話に似た、仕事にまつわる亭主の悩みを口にした。

「食べることは日々、尽きず、お客様の貪欲《どんよく》な口は肥え続けるものだが、討ち死にの覚悟

でそれに応えるのが料理人だと、日頃から又兵衛は言っていました。昔、昔、味が気に染まなくて、お殿様からお手討ちにされた料理番の話など持ち出し、古今東西を見渡して、楽に生涯を終えることのできる料理人なぞいはしない、お客様は口に合って当たり前、そうでなければ、必ず罵りが顔や仕種に出る、これはもう、報いられることなどない滅私奉公のようなものだとも――」

「それで憂さ晴らしの深酒が癖になったのですね」

「知り合った頃は、それだけではなかったんですけれど」

おりんはぽっと顔を赤らめた。

「もしや、女将さんは色里においでだったのでは？」

「ええ。深川で芸妓《げいぎ》をしておりました」

――なるほど、それで、どことなく、風情がお涼さんに似て感じられたのだな――

「芸妓の仕事は機嫌を取って、お酒を勧めることでしたが、あたしはどうしても、飲み過ぎる又兵衛の身体が気になってなりませんでした。それで、身請《みう》けするから一緒になろうと言ってくれた時、どうか、お酒は止めてくださいと頼んだんです。最初の半年こそ、なんとか我慢していましたが、後はもう、ご存じのように――」

おりんは目を伏せて、

「あたしが悪いんです。あたしが至らない女房だから、うちのひとはお酒に呑《の》まれてこんなことに――」

ぽたぽたと涙を畳の上に落とした。

「女将さんのせいであるわけがありません」

浩吉は言い切り、

「塩梅屋《あんばいや》さんとおっしゃいましたね。旦那様が亡くなられた時のことを、このわたしにも話してください。わたしにも何か、思い当たることがあるかもしれませんから」

五

季蔵から聞いた浩吉は、

「今すぐ、ぴんと思い当たることはないのですが、厨仕事をすれば思い出すかもしれません」

二、三度軽く瞬きをした。

——この男は何か知っている——

そこで季蔵は、

「又兵衛さんはぜいたく煮のために特注して作らせた練馬の大根を、ご自分で漬けておいででしたね。こんな時に礼儀知らずではございますが、わたしも料理人の端くれ、供養の代わりに是非、その漬け樽《だる》を見せていただきたいものです」

瞬きを返した。

「それではここは女将さんにお願いして、厨へまいることにいたしましょう」

浩吉が立ち上がったその時である。

「誰かいないのか？　俺だ、俺だよ」

荒い声が玄関から聞こえてきた。

「ご贔屓《ひいき》さんですか？」

――それにしてもずいぶんぞんざいな物言いだ――

「あの声は芳次《よしじ》さんだわ」

おりんはごしごしと両袖で涙に濡《ぬ》れた目を拭《ふ》いた。

「芳次さんというのは、旦那様の三つ違いの弟さんです」

浩吉が渋い顔で障子を開け、応対に出ようとしたところに、

「いったい、どうしたっていうんだよ？」

芳次が部屋を覗いた。

長身の兄には似ず、小柄で童顔の芳次は、とっくに三十路を越えているというのに、狡《こう》猾《かつ》そうな目の動きを別にすれば、言葉遣いも子どもじみていて、二十歳《はたち》そこそこの若者に見える。

全体に陽気な印象で又兵衛とは全く対照的だった。

――たしかとっつぁんはこんなことを言っていた。三十路からの男の顔は、来し方を映している、年齢《とし》不相応に若く見える男はとかく遊びばかり達者で、何一つ、身を入れてい

ないはずだと――

その芳次は白装束の兄の姿を見て、

「何の真似だい？　ふざけてんのか」

さすがに顔色をなくしたが、

「芳次さん、実は――」

浩吉が経緯《いきさつ》を話すと、

「ようは兄貴が死んじまったってことだな」

はて、どうしたものかと、当惑顔で骸のそばにおりんと並んで座った。

「こっちも用があってさ」

芳次はわざとらしく頭を掻《か》いた。

「また、無心ですか」

浩吉は眉《まゆ》を上げた。

「まあ、そんなところだ」

「博打《ばくち》はもう、たいがいにしてください」

浩吉は厳しい一言を投げた。

「わかってる」

浩吉には上の空で応えた芳次は、おりんを上目づかいに見ると、

「二両でいい。貸してくれよ、義姉《ねえ》さん」

甘えた声を出した。

「芳次さん」

おりんの声が凛と響いた。

「今日はこれから、酔壽楼の主である、うちのひとのお通夜です。お金の話はお弔いが済んでからにしてくれませんか」

おりんの口調は穏やかだったが、相手に決して嫌と言わせせぬ、じわりとした押しが感じられた。

「そうだった」

芳次はまた頭に手をやって、

「こんな時に言うことじゃなかった。金はもう、どうでもいい。俺も身内なんだ。これから通夜の支度を手伝うよ。兄貴と、もうこれっきりだと思うと、たまらなくて——。急に納戸にしまってある、子どもの頃、一緒にあげた凧《たこ》を見たくなった。凧を枕元に飾ってやりたい」

そう言うと、そそくさと部屋を出て行った。

「旦那様は何とか芳次さんにも、家の仕事を覚えてもらおうと勧めておられました。ですから、顔が合えば口喧嘩が絶えず、間に入って、女将さんは苦労されていました。そんなわけで、普段、無心の時以外寄り付こうとしない芳次さんでも、やはり、ご兄弟の情はおありなんだと感心しました」

浩吉はほっとため息を洩らした。

それから四半刻（三十分）近く経《た》ったが、芳次は部屋に戻って来ない。

「ちょいと遅すぎますね」

浩吉は青ざめた。

「行ってみましょう」

季蔵は浩吉の案内で納戸へと続く廊下を進んだ。すると突然、あっと叫んで浩吉が立ち止まった。

障子の開いたままの部屋の畳の上に、手文庫が投げ出されている。

「ここは旦那様の部屋で帳場も兼ねておりまして――」

「芳次さんの仕業ですね」

「ええ」

浩吉はわなわなと唇を震わせて、

「よりによって、こんな時に泥棒まがいのことをなさるとは――あんまりです」

拳《こぶし》を固めた。

「まだ、間に合うかもしれません」

季蔵は急いで玄関を出た。

行き止まりになっている酔壽楼から渡し場へ続く道は一本である。竹林を抜けて、渡し場へ向かって力の限り走った。

粋を気取った芳次の縮緬《ちりめん》の羽織が見えてきた。

ここまで来れば大丈夫と安心したのか芳次は走るのを止め、歩いている。ほどなく、追いついた季蔵は芳次の正面にまわり両手を広げて立ち塞がった。

「あんた――」

芳次は、ぎょっとして立ちすくんだ。

「凧はどうしました？」

「用があったのは凧じゃない」

芳次は季蔵を押しのけようとした。

「それでは供養になりません」

季蔵に利き手をねじ上げられて痛てて と悲鳴をあげた芳次は、

「お願いだ、見逃してくれ。今日中に借りた金を何とかしないと、簀巻《すま》きにされて大川に投げ込まれちまうんだ」

懇願した。

「話によっては――」

腕から手を放した季蔵は芳次を見据えて、

「一昨日、昨日、今日の朝と、どこでどうしていたか、包み隠さず、話してください」

――いつ、竹筒に毒が仕込まれたかが問題だ。それによっては、兄が死ねば家督を継げる、この芳次さんを、いの一番に疑うことになる――

「品川宿の岡場所陽炎屋《かげろうや》にいた。住んでる長屋にいれば借金取りが来る。それが怖くて、このところ、十日ばかり、借金取りから隠れてそこに居続けてた。俺は、そこの女郎の夏川《なつかわ》ってえ妓《こ》といい仲なんだ。いずれ、兄さんが義姉さんをそうしたように身請けして、所帯を持とうと思ってる。その話を兄さんに何度も、耳にたこができるほどした。何とか、身請けの金を都合してもらおうとしてたんだが、親父に頼み込んだ自分のことは棚に上げて、うんと言ってくれねえ。前はそこそこよかった兄弟仲が思わしくなくなったのも、そのせいだったんだよ」

「あなたがこの十日間、陽炎屋にいらしたことは確かですね」

季蔵は念を押した。

「もちろんだとも。誰に訊いてもらってもいい」

――酒は腐らず、十日以上前に竹筒に注がれていたということも考えられる。これだけではまだ、芳次さんへの疑いが完全に晴れたわけではない――

そこで季蔵は最後の切り札を試みた。

――竹筒に毒が仕込まれていたことを、浩吉さんは芳次さんに話していなかったから――

「ところで、お兄さんと竹筒で遊んだことはありませんか？」

初めて竹筒を口の端《は》に上らせた。

「へえ、竹筒か」

芳次は目を細めた。

「やはり、ご存じでしたか」

「うちは竹を巡らしてあるだろう。来てくれるお客さんたちは風流でいいって褒めてくれるけど、夏の竹林は藪蚊《やぶか》が多くてね。俺たち兄弟は子どもの頃、夏の暑い間、竹の葉が茂りすぎると、時折、鎌《かま》を使って、風通しをよくしてやるのが仕事だった。そうしてやっとくと、眺めも清々《すがすが》しいし、多少は藪蚊が増えるのを防げるんだ。俺は子どもの頃から我慢がなくて、竹を刈りながら、〝疲れた、喉が渇いた〟って、始終、愚痴っていた。それを見かねた兄貴が、ある時、客間から見えないところの竹の節を切って、器用に竹筒を作り、井戸からじゃなくて、少し歩いたところで湧《わ》きでている水を汲《く》んできて、〝ほれ、よく働いた後の水は美味いぞ〟って、俺に飲ませてくれた。あの時の竹筒は竹の青い、いい匂いがして、あれほど冷たくて香りのいい、美味い水は金輪際、飲んだことがないよ。いつか、もう一度、兄貴と飲みたいと思ってた。今度は竹筒作りを覚えて、俺が兄貴に清水を汲んできてやってさ――」

急に芳次の言葉が途切れた。

歪んだ童顔の目から涙が滴《したた》り落ちている。

六

――違うな――

作りたての竹筒から清水を飲む、幼い兄弟の姿が目に浮かんで、季蔵は胸が締めつけられた。

――こんな話のできる弟に兄は殺せない、いや、是非、そうあってほしい――

「兄貴の通夜だってえのに、金を持ち出すようじゃ、駄目だよな。俺は人でなしだ」

芳次は泣きじゃくって、両袖《りょうそで》を振った。小判がばらばらと十枚ほど落ちる。

「これで持ち出したお金は全部ですか？」

黙って頷いた芳次に、

「たしか博打の負けは二両でしたね」

小判を拾い上げた季蔵は、まず、そのうちの二枚を渡した。

「これで借金を払えば簀巻きにはされません。亡くなったお兄さんとて、大川に浮かんだあなたに会いにきてほしくないでしょう」

「けど、夏川の身請けの金が要る」

「その話は又兵衛さんの弔いを終えた後、女将さんに頼んでみてはいかがですか？」

――たぶん、又兵衛さんも、いずれは弟の頼み事を聞き入れるつもりで、今は心を鬼にしていたはずだ――

「わかった」

芳次は二両を手に去って行った。

酔壽楼に戻った季蔵が浩吉に成り行きを話して、芳次から取り上げた金を返すと、

「芳次さんのしでかしたことは、わたしと季蔵さんの胸の中だけにお願いします。女将さんにお気の毒ですから」

「そうですね」

季蔵は相づちを打った。

「こちらへどうぞ」

浩吉は大小二つの土蔵に季蔵を案内した。小さい土蔵の中には漬物樽ばかりずらりと並んでいた。

足を踏み入れたとたん、特有の発酵臭が鼻をつく。

「旦那様の大根の糠漬《ぬかづ》けはあちらです」

浩吉が指差したのは、上に重石《おもし》が置かれた五樽の漬物樽であった。

「旦那様の宝物でした」

近づいて重石を取り、蓋《ふた》を開ける。

糠にまみれてびっしりと大根が並んでいる様子は、とりたてて珍しいものではなかった。

「それにしても、五樽だけとは、ずいぶんと少ないものですね」

「大根のぜいたく煮は、店にいらした方にしかお出ししておりませんから、そうは要らないのです。しかも、品書きに書く時季は、初雪から桃の花が咲き始めるまでとお決めになっておられましたから」

「酔壽楼では練馬の百姓に、大根を特別に頼んで作らせていると聞いています。運ばれてきた沢山の大根の中から、漬物にするものを厳しく、選《よ》り分けているのでしょうね」

「その通りです。何しろ、ぜいたく煮は酒、醬油、味醂の質にも増して、大根の質が命ですから。もとめたものの二、三割しか漬物にはなりません」

「残った大根は？」

「旦那様は気前よく捨てていました」

「もったいない」

思わず季蔵はため息をついた。

「たしかにそうですが、何しろ、お客様方の間で奪い合いになりかねない、天下のぜいたく煮なのですから、それも仕様がありません」

浩吉はふっと微笑《ほほえ》んだ。

「あちらの大きい土蔵には何があるのですか？」

「魚の味噌漬けです」

二人は大きい土蔵の戸を開けた。五十はゆうにあると思われる樽がならんでいる。

「酔壽楼は、魚の味噌漬けでも広く知られていましたね」

——これほど沢山の樽漬けがあるのは、人気があって、土産《みやげ》に売り続けているせいだろう——

「酔壽楼は今の旦那様が二代目で、魚の味噌漬けは、若い頃、京で修業した先代が持ち帰ってきた技です。海に近いこの江戸で、魚料理といえば、生で食べる刺身や焼き魚、煮魚、酢締めがせいぜいなのですが、山に囲まれた京では、長く美味《おい》しく魚を楽しむために、味噌に漬けこむ西京焼きが盛んに食べられてきたのだということでした。その西京焼きの味を、京では名店が鎬《しのぎ》を削っているのだと聞きました。味噌に漬け込んでこそ引き立つ、魚の旨味《うまみ》もあるのです」

「又兵衛さんは味噌漬けを使った料理も工夫されたのでしょう？」

――倅《せがれ》なら、父親の味を受け継ぎ、広げたいと当然思うはずだ――

「それが、先代が亡くなってからというもの、旦那様が魚を味噌に漬けたことは一度もないのです」

浩吉は当惑顔で洩らした。

「どうしてまた？」

季蔵は首をかしげたものの、

――父親を越えるためだろうか――

察しはついた。

「魚の味噌漬けは長持ちする菜にすぎず、料理屋で出すものではない、二代目である自分の代には、誰にも真似のできない看板料理で、酔壽楼、ここにありと言われるような名店に押し上げなくては、冥途《めいど》で父親に合わす顔がないというのが、旦那様のお考えでした」

浩吉の言葉に頷いた。

「なるほど、それでぜいたく煮を思いつかれたのですね」

「そうです」

「ここまでになるには、さぞかし、ご苦労されたことでしょう」

「一番苦しかったのは、旦那様が魚の味噌漬けを一時、品書きから外した時でした。うちへおいでのお客様は、先代からの御縁の方が多く、真鯛《まだい》や金目鯛《きんめだい》の味噌漬けがお目当てのことが多いのです。楽しみにしておいでのお客様が、味噌漬けの魚ではなく、塩出しして煮含めた大根を前にして、〝酷い応対だ〟と洩らし、箸も付けずに怒って帰ってしまうことがしばしばでした。大根のぜいたく煮を、酔壽楼ならではの逸品だと食通の方々が喧伝《けんでん》してくださり、新しいお客様に混じって、一度離れたお客様が戻っておいでになるまで、かれこれ、一年半はかかりました」

「その間、店の切り盛りはどうしていたのです？」

浩吉は苦笑して、

「その頃、女将さんが土産物に魚の味噌漬けを売ることを思いついたのです。これには旦那様もしぶしぶ首を縦にしてくださいました。そうでもしなければ、ぜいたく煮に使う大根を練馬に頼むことができなかったからです」

「それからはあなたが一人で魚を味噌に漬けてきたのですね」

「女将さんも手伝ってくださいましたし」

「今でも魚の味噌漬けが酔壽楼を支えているように見えます」

「そんなことは――」

浩吉は謙遜《けんそん》して一瞬目を伏せた。

「今では品書きに戻って、ぜいたく煮を召し上がってから、鯛か鰈《かれい》の味噌漬けを頼まれるか、土産にと望まれる方が多いです」

「魚の味噌漬けを見せていただけますか？」

「さあ、ご覧になってください」

浩吉は手前にあった樽の蓋を開けた。

「皆様が好まれる真鯛の味噌漬けです」

味噌の色は白かった。

「使われているのは西京味噌ですね」

「ええ、先代から受け継いだ酔壽楼の味、京風です。白身魚には白味噌が合うのです。旦那様のお許しをいただいて、土産に出しているのもこれです」

「京風だけですか？」

――江戸には江戸の味噌漬けの味があってもいいのではないか？――

季蔵は心の中で小首をかしげたが、察した浩吉は、

「どうぞ、こちらへ」

浩吉は季蔵を土蔵の隅へと誘《いざな》った。

「珍しい味噌漬けをお見せしましょう」

向かって右の樽の蓋がまず、取られると、あまり見かけない薄桃色の切り身が、味噌にまみれて目に飛び込んできた。使われている味噌はやや赤い田舎味噌である。

「味噌が違いますね」

「江戸では塩引きばかりで、滅多に手に入らない生の鮭《さけ》です。三日ほど前、出入りの魚屋が何尾か都合してくれたので、こうして、漬けてみたのです。先代から教えられた魚の味噌漬けは、鯛、平目、鰈、鱸《すずき》などの白身魚ばかりでしたが、わたしなりに工夫したくて。信州味噌を使いました」

「鮭の味噌漬けを目にするのは初めてです」

――是非、味わってもみたいものだ――

そんな心の声も伝わってしまったのか、

「味噌漬けには漬かり時というのがあるんです。鮭がいい具合に味噌に漬かるにはあと七日ほどかかります。仕上がったら、お届けしますから、味見をよろしくお願いします」

浩吉は顔をほころばせて、

「奥州なぞでは、ぶつ切りの生鮭を味噌汁に入れて食べることもあり、赤味噌との相性はたいそういいのだと、ここのぜいたく煮を食べに見えたお侍様から聞いて、思いついたのです」

と続けた。

「そちらは？」

季蔵は浩吉がちらちらと見ている左にある二樽の漬け樽が気になった。

七

「何だと思います？」

浩吉はうきうきした口調で問い返した。

「白身魚でもなく、鮭でもないとなると、赤身の魚ですか？」

浩吉は両手を打ち合わせて、

「さすが——」

にっこり笑って、次々に樽の蓋を取った。これも味噌は、鮭の味噌漬けと同じ赤味噌が使われているが、こちらの方がやや濃い色をしている。

「ここには、下魚《げざかな》と言われる赤身の魚ばかり漬けてみました。身分の高い方々の家では膳《ぜん》に上らせず、獲《と》れすぎると犬も食べないと言われて、捨られてしまうこともある鯵《あじ》と鯖《さば》です。鯖は鯖の生き腐れと言われるほど腐りやすいのですが、こうして漬けておけば、多少、長く味わうことができます」

「いいですね」

季蔵は大きく頷いた。

「実はわたしは鯛などよりも鯵や鯖の方が好きなんです。幼い頃から食べ慣れているせいでしょうか」

浩吉はうれしそうに洩《も》らし、季蔵は相づちを打った。

「わたしもですよ」

「わたしたちは貧乏性なんでしょうね」

「その通りです」

そこで二人は声を立てて笑った。

「あと試してみたいのは烏賊《いか》です。これも安いですし、味噌に合う気がして——」

浩吉の夢は広がっていく。

「鮪《まぐろ》の脂身もいいのでは？」

季蔵は自分の夢も重ねた。

鮪で好まれて使われるのは赤身ばかりで、脂の多いトロは捨てられることが多かった。

「なるほど、その手もあったか」

浩吉の目が輝いた。

「秋刀魚《さんま》や鰯《いわし》については、思いついたこともあったんですが——」

「秋刀魚や鰯では駄目なんですか？」

秋刀魚や鰯は大衆魚であった。

「鮭料理に味噌が使われることを教えてくれたお客さんが、〝秋刀魚漬けは糠に限る〟って言ってたもんですから、まだ、味噌では試さずにいたんです」

「どうして糠に限るのでしょうか？」

――味噌との相性ではなく、細身の秋刀魚は切り身にできず、三枚に下ろすと、漬かりすぎるからではないだろうか？　これはさらに小ぶりな鰯についても言える――

「これはわたしの勝手な考えにすぎませんが、秋刀魚を味噌に漬けるには、あまりに脂が多すぎるからではないかと。これは鰯にも言えることで、それで秋刀魚と鰯の味噌漬けは敬遠してきたんです。いつか、みちのくへ出かけて行って、秋刀魚の糠漬けを堪能《たんのう》したいものだと思っています」

「すると後々は、魚の糠漬けも酔壽楼ならではの品になるのですね」

「ええ、たぶん、でも――」

浩吉の表情が急に翳《かげ》って、

「旦那様への供物にはなりそうにありませんから――」

「酔壽楼の名を上げた又兵衛さんのぜいたく煮を、ここまで影で支えてきたのは、魚の味噌漬けなのですから、そんなことはないでしょう。あの世の又兵衛さんは、浩吉さんのご苦労をわかって喜ばれるはずです」

「それはどうでしょうか？　旦那様が味噌に漬けるのを許してくれていた魚は、先代からの白身魚だけでしたから。試しに漬けた鯵や鯖がどんなに美味しくても、〝こんなものは所詮《しょせん》、賄《まかな》いにすぎん〟とおっしゃって、決して、土産に売るのを許してはくれませんでした。うちには座敷に上がらずに、魚の味噌漬けだけもとめて帰られる方もおります。そんな方々はそうそう懐具合がよろしくはないわけで、美味しくて安ければ、たとえ下魚でも喜んでくれると思ったのですが、旦那様の目には、ご自分が苦心されたぜいたく煮ばかり映っていたようです。下魚なぞを売っては、せっかくのぜいたく煮の価値が下がると言わんばかりで――。そんなわけで、今回、鮭を試したのは、珍しい生鮭ならば、あるいは許していただけるかもしれないと、女将さんと話し合ってのことでした」

「おりんさんは浩吉さんを頼っておいでだったのですね」

「酔壽楼とぜいたく煮、旦那様は世間に名が知れて、傍目にはたいそうな繁盛のように見えていたかもしれませんが、内情はそう楽ではなかったんです。それに――」

浩吉は暗い目を宙に据えた。

「女将さんはお気の毒すぎます」

ぽつりと呟いた。

「おりんさんについて、何か気がかりなことでもあったのですか？」

「八百良での料理競べでは、富士屋さんもご一緒だったはずです」

「ええ」

「女将さんはおいでてしたか？」

「お美菜さんですか？」

「ああ、やはりね」

浩吉の眉が上がった。

「いつもご主人に付き添っているとは聞いていましたが、さすが、肝が据わってらっしゃると感心します」

感心していない証に浩吉の目が吊り上がっている。

浩吉は先を続けた。

「気がしれないとはこのことです。いったい、どのような気持で、料理競べを見ていたのか——。うちの女将さんが知ったら、どんなに心を痛めるかしれません」

——これはもしや——

季蔵は骸となった又兵衛を前に、動揺と称するにはあまりに感情的だったお美菜に思い当たった。

——なるほど、そうだったのか——

「又兵衛さんが嵌《は》まっていたのはお酒だけではないようですね」

「女将さんの胸中を想うと、口にするのも忌々《いまいま》しい」

浩吉は吐き出すように言った。

「いつからです？」

「昼を過ぎて起きだし、どこへとも告げずに出かけ、夕方ふらりと戻ってきて、お客様が帰ってからは、一人で遅くまで酒を飲むようになった頃からです。かれこれ、一年になります」

「お相手がよくわかりましたね」

「日に日に女将さんの顔色が優れなくなってきたのが案じられてならず、ある日、出かけた旦那様の後を尾行《つけ》たんです。行き先は池《いけ》の端《はた》にある出合《であい》茶屋でした。ちょうど富士屋の女将も駕籠を着けたところでした」

「その話をおりんさんになさったのですか？」

――おりんさんが二人の仲を知っていたとなると、ご亭主を手にかける理由にはなる――

「知っていることがあったら話すようにと問い詰められて、やむなく、お話ししました。女将さんはただただ、至らないせいだと自分を責めて、〝きっと、うちのひとも苦しいのです。これから、わたしたち家族は、益々、身を入れて旦那様を支えていかなくては〟と覚悟のほどを示され、わたしも及ばずながら、力を尽くそうと思いました。よく出来た方ですから、もちろん、悋気《りんき》めいた言葉は一言もおっしゃいませんでした」

「今でも二人は続いているようでしたか？」

「このところ、旦那様は酒の量も減って、出かけることが少なくなっていました。あちらは跡取り娘でご亭主のある身です。どちらもいい年齢《とし》で、駆け落ちができる立場でもないのですから、いずれは別れることになるだろうとわたしは思っていました。早く、そうなってくれと、女将さんのために、日々、願っておりました。ああ、やっと、そうなりかけていたというのに――」

浩吉は目を伏せた。

――富士屋の女将との間で、別れ話がこじれていたとしたら、決着をつけたいお美菜さんが、又兵衛さんを殺したとしても不思議はない――

話を聞き終えた季蔵は土蔵を出た。

まだ、暮れ六ツ前ではあったが、あたりはすでにとっぷりと陽《ひ》が翳っている。

――富士屋を訪ねるのは明日にしよう――

料理競べの立ち会いとあって、仕込みこそ三吉《さんきち》に任せていたが、

――奇《く》しくもうちの菜も大根とは――

期待の大根蕎麦《そば》のお披露目ともなると、仕上げを見届けなければ気がすまなかった。

正月疲れした胃の腑を整える大根は、ことのほか評判がよくて、大根おろし飯のほかにも、あっさりした一品を工夫してくれという、客の要望が跡を絶たないのである。

「蕎麦もいいが、食いすぎるのが玉に瑕《きず》だ。蕎麦の風味で大根みたいにすっきり、腹におさまる食い物はないもんかな」

履物屋の隠居喜平《きへい》のこの言葉に、

――これがいいかもしれない――

季蔵は長次郎《ちょうじろう》の日記に書かれていて、まだ試されていない大根蕎麦を試してみたところ、

「いいわよ、季蔵さん。これなら、身体に優しいだけじゃなく、ちょいと粋で酒の肴にもなるわ」

おき玖《く》に絶賛された。

この大根蕎麦は上州は館林《たてばやし》の名物とされている。

夏場の食べ物のようで、長次郎の日記には、辛味《からみ》大根が使われると書かれていたが、季蔵は冬場の、風味も甘みもある大根で試した。

第四話　千両役者菓子

一

一膳飯屋《いちぜんめしや》で出す以上、酒に合わないのはつまらないが、かといって、酒が進みすぎてはいけない――

辛味大根では食や酒を進ませすぎるきらいがあった。

「そろそろ帰ってくる頃だと思ってました」

店で出迎えた三吉《さんきち》は、蕎麦《そば》汁《つゆ》に使う削り節を掻《か》き終えたところであった。

「それにしても、三吉ちゃん、桂剝《かつらむ》きが上手になったものだわ」

おき玖《く》がふと洩《も》らした。

「青物は剝き方が大事だって、おとっつぁんは始終言ってたけど、この蕎麦大根はまさにそうだわね」

蕎麦大根の要は大根の桂剝きに尽きる。

桂剝きは一枚上皮を剝《は》いで厚く輪切りにした大根を、ただただ、芯《しん》に至るまで、切らさずに薄く剝き続けていく剝き方である。

包丁遣《づか》いに慣れていないとすぐに切れてしまうので、これには熟達が必要であった。

三吉も以前は、ぷつん、ぷつんと切らして、せっかくの大根を台無しにして、よく泣きべそを掻いていたものだったが、今では巧みにこの桂剝きをこなす。

「大根が蕎麦に変わったかな？」

「と思うんだけど」

神妙な顔つきで三吉は、昨夜、季蔵に見守られつつ仕込んだ、生蕎麦大根が載っている大盆を取りに離れへ走った。

「三吉ちゃんったら、よほど心配なのか、離れとここを行ったり来たりだったのよ」

生大根が生蕎麦ならぬ、生蕎麦大根に化けるには一晩はゆうにかかる。

剝き終えた大根をくるくると巻き上げ、元通りの形に戻した後、俎板《まないた》に取って、包丁で小口から切っていき、巻きをほどくと、蕎麦の形に近くなる。

だが、これだけでは生蕎麦大根ではない。

半紙を大盆の上に敷いて、蕎麦粉を広げ、まずは、蕎麦のように切り分けられた大根を載せる。

そして、さらにたっぷりの蕎麦粉を足しながら、擂《す》り粉木《こぎ》で大根を軽く叩《たた》いて馴染《なじ》ませておく。この時、均等に広げておかないと、仕上げの時の蕎麦粉がまんべんなく付かない。

これにまた半紙を被《かぶ》せ、涼しいところで、最低一晩は休ませる。

「よし、これから生蕎麦大根を茹《ゆ》でる。大鍋《おおなべ》に湯を沸かせ」

命じた季蔵は三吉の掻いた削り節と、醤油《しょうゆ》、味醂《みりん》、水で蕎麦汁を作った。

大鍋に湯が煮立ってきた。

「さあ、これを茹でて、蕎麦大根にしてみろ」

季蔵は三吉が渡そうと手にしている、蕎麦粉の入った皿に向かって顎《あご》をしゃくった。

「えっ？　おいらがやるの？」

三吉は尻込《しりご》みした。

大盆に並んでいる、生蕎麦大根にさらにまた蕎麦粉を振りかけ、煮立っている湯で茹で上げると蕎麦大根が出来上がる。

「今日はこれが一押しなんだろうから、もし、大根から蕎麦粉が落ちでもしたら――」

「大丈夫だ。ここまでになれば、蕎麦を茹でるよりむずかしくない」

季蔵の言葉に三吉はうんと頷《うなず》くと、真一文字に唇を引き結んで、菜箸《さいばし》で生蕎麦大根を摘《つま》み、大鍋の湯に落としていった。

「一返りすればもう煮えている」

季蔵は三吉を励まし続けた。

茹で上がった蕎麦大根は、おき玖が用意した小盥《こだらい》の冷水の中をしばし泳ぎ、笊《ざる》に取られて水気が切られ、器に盛りつけられる。

仕上げには蕎麦汁がかけられる。

——どうしても、これで酒を過ごしたいお客様にだけ、山葵《わさび》や唐辛子《とうがらし》粉をお勧めしよう——

それからほどなく、前もってこのことを報されていた喜平《きへい》や辰吉《たつきち》、勝二《かつじ》の三人が押しかけてきた。

三人は一言も発せずに食べ終えると、

「美味《うま》かったというような、月並みの褒め言葉では足りない」

喜平は唸《うな》り、

「凄《すご》いよ」

辰吉は興奮気味で、

「夢でまた食べたい」

勝二はため息をついた。

「ご家族の皆さんはどう？」

相変わらず、憂鬱《ゆううつ》そうな勝二をおき玖が案じた。

「来月は初午《はつうま》ってことで、親方とおかいが父娘《おやこ》で、手習い所を見て廻《まわ》るんだって、張り切ってる」

「勝二さんのところのお子さん、もう、そんな年齢《とし》でしたっけ？」

手習いに通い始める年頃は、男女とも七歳ぐらいである。

「まだ、何年か間はあるんだけど、どういうわけか、熱くなっちまってるんですよ。神童って言われてる子の席書《せきがき》が見られるんだとかで。神童の名は亮太《りょうた》と言って、除夜の鐘が鳴り終えるのを待って、母親が倅《せがれ》のために玉川へ若水を汲《く》みに行く家の子です。働き者の髪結いの母親一人に育てられたとはいえ、亮太は頭も見栄《みば》えもなかなかで、町内の人気者なんです。親方やおかいときたら、この子にえらく入れ上げてて。髪結いの子だって、あんなに先が楽しみなんだから、これからは指物《さしもの》師も、人のいいだけのぼんくらじゃだめだって——」

席書とは、晴れ着姿の子どもたちが習字を競い合う催しであり、誰でも見学は自由、手習い所の宣伝も兼ねていた。

「ぼんくらっていうのはおまえさんのことだろ」

喜平が苦笑し、

「おまえもいろいろ心に溜《た》まってるかもしれねえが、相手も多少、一物あるんだろう。ところで、おまえ、ちゃんと指物の修業に身は入れてるんだろうな」

辰吉はため息まじりにふと洩らした。

「俺はもともと、腕を見込まれて婿《むこ》になったわけじゃないから——」

小声の勝二がうつむくと、

「親方の一人娘に惚《ほ》れられて、婿になったのはいいが、跡継ぎの男の子が出来て娘は冷めちまい、親方は婿を見切って、孫に期待をかけてるってわけだろ。おまえはそれでいいのかい？」

辰吉の物言いは手厳しいが親身であった。

「仕事に身を入れたくても、次から次へと用事を言い付けられちゃ、とても無理なんです」

勝二はしょんぼりと頭《こうべ》を垂れて、

「この分じゃ、初午の時の手習い見学に持ってく、弁当も作らされそうで——」

「そんな調子だから駄目なんだ。しっかりしろ。一度、雑用ばかしてちゃ、肝心の指物の腕がよくならねえと、はっきり言ってやれ」

辰吉はとうとう、どんと拳《こぶし》で勝二の脇腹をこづいた。

無言のままさらにうなだれる勝二に、

「もしかして、その言葉、親方やおかいさんも待ってるのかもしれないわよ。勝二さんが当てつけだと感じているいろいろは待ちくたびれたせいで、わざとしてることかもしれない」

おき玖も声を張った。

「そりゃあ、そうかもしれないな。勝二さん、大人しそうなあんたにだって、ほんとは男の覇気も気概もあるんだろうと思う。だが、そいつが伝わりにくいのが恨みだよ。こいつばかりは、怖《お》じ気《け》づいてないで、頑張って相手に伝えることさ。何事も時期は大事だから、逸しちまうと、一生後悔するよ」

喜平はしみじみと相づちを打ち、

「何だか、今日は若いもんの話ばかりで、とんと艶《つや》が出なかったね」

ぶつぶつ言いながら、二人と一緒に店を出て行った。

客がいなくなったところで、

「料理競《くら》べではどこが勝ったの？」

知りたくてたまらなかったことをおき玖が口にした。

季蔵は大根料理で競った様子については、真実を話して聞かせたが、安房守《あわのかみ》に会っただけではなく、料理人の一人が最中に死んでしまった件や、その後、酔壽楼《すいじゅろう》へ足を向けたことには決して触れなかった。

──これらは料理人ではなく、隠れ者としてのお役目に入る。もとより、お嬢さんは知らずともよいことだ──

「引き分けになったの、わかるような気がするわ。酔壽楼の大根のぜいたく煮はたしかに凄《すご》いけど、知らない人がいないというのがつまらないわ。ぜいたく煮が誰でも息を飲む名人芸なら、穴子《あなご》大根は江戸ならではの伝統芸。江戸っ子なら慣れ親しんだ安心できる味。とはいえ、それゆえ、面白さに欠けてて、どんな味かと知りたくてうきうきはしない。あたしは大根を薄く切って、叩いた鶉《うずら》と何層も重ねたのが、一番、美味《おい》しそうだと思うわ。大根はよく知った味だけど、これが叩いた鶉にあわせるとどう変わるか、想《おも》っただけで、わくわくするじゃない。次にまた勝負があるとしたら、清水屋《しみずや》さんの出してくる料理からは、もう、目が離せないわ」

おき玖は頬《ほお》を紅潮させ、聞き齧《かじ》っただけの料理競べについて、寸評した。

「たしかに清水屋さんのこれからが楽しみですね」

季蔵は微笑《ほほえ》んだ。

――清水屋清五郎《せいごろう》の不正など、お嬢さんが知る必要はない――

ごーん、ごーん、夜五ツ半（午後九時）を告げる鐘の音が聞こえた。

「お邪魔します」

聞き覚えのある声である。

「五平《ごへい》さん」

戸口を入ってきたのは、長崎屋《ながさきや》五平と連れであった。五平には年が明けてすぐ、日本橋は横山町の質屋大黒屋《だいこくや》で無くなった、金の仏像探しを頼まれ、探し当てたばかりであった。

二

「今夜は長崎屋五平ではなく、松風亭玉輔《しょうふうていたますけ》として、しばし寄せてもらいますよ。季蔵さんに是非、会ってもらいたい人がいるんだ」

「ごめんください」

戸口に気配だけあった男が敷居を跨《また》いだ。男の声だがどことなく艶めいて聞こえる。

「ああ、いいつゆの匂《にお》いだ」

そう言って微笑んだ若い男は、涼やかな美丈夫で、さりげなく撫《な》で肩をくねらす仕種《しぐさ》が何とも婀娜《あだ》っぽい。

「あっ‼」

おき玖は連れの顔に釘付《くぎづ》けになった。

「もしや──」

まじまじと見続けて、

「間違いないわ」

頬を真っ赤に染め、熱に浮かされたような目色が狂喜している。

「ここに中村春雷《なかむらしゅんらい》がいる！」

おき玖はそうでしょうとばかりに、五平に相づちをもとめた。

頷いた五平は、

「でも、まあ、今夜は名乗らずにわたしの連れってことにしておいてください」

形だけ両手を合わせた。

──それにしても、予期せぬことが立て続いて起きる、何とまあ、長い一日だろう──

季蔵は半ば唖然《あぜん》とした。

「今日はあいにく、精進日にしておりまして、蕎麦大根しかできませんが、よろしいでしょうか？」

「それは願ったりですよ」

両手を打ち合わせた春雷は、

「何しろ、新年ですから、ご贔屓《ひいき》様との酒席が続き、有り難いことではございますが、正直、少々、胃の腑《ふ》や肝の臓がくたびれていたところでした」

「それにしても、蕎麦大根とは珍しいね」

食通の端くれを自認する五平は興味津々である。

「今、すぐ、ご用意します」

季蔵は残しておいた生蕎麦大根に、蕎麦粉を振りかけはじめた。

するとおき玖は、

「どうして、松風亭玉輔と中村春雷が親しいのか、教えていただきたいわ」

とうとう我慢できずに訊《き》いた。

「それにはまず、酒をお願いします」

五平に急《せ》かされても、

「あら、でも、春雷さんは胃の腑や肝の臓がくたびれているのでは？」

おき玖はちらちらと春雷の方ばかり見ている。

「春雷さんが苦労なのはつきあい酒ですよ。美味い菜で気楽に飲むここの酒なら、元気の源になるに決まってます」

五平は杯を傾ける仕種をした。

「それでは、今すぐ」

おき玖が酒を運んできて、あろうことか、震える手で酌などすると、

「すみません、いただきます」

両手で押しいただくようにして口へ運ぶ、春雷の飲み方は華麗ではあったが、つきあい酒が身体《からだ》を疲れさせるとなると、何とも痛々しくもあった。

「お酒はそのくらいになさって――」

思わず止めてしまうと、

「そうでしたね。わたしたちが友達になったきっかけを、お話ししなければ――」

春雷は五平の方を見た。

「初めはあんたから話してください。今となると、わたしからじゃ、何だか恥ずかしい」

五平から話を譲られた春雷は、

「長崎屋五平さん、何年か前の松風亭玉輔さんの人気ときたら、それはそれはたいしたもんでした。その時、あたしは役者になろうと決心はしていたものの、まだ弟子入りしたばかりで、お師匠さんや兄弟子《あにでし》たちのものの洗濯や風呂焚《ふろた》きばかり、ようは走り遣《づか》いだったんです。そんな最中、兄弟子たちが、この分じゃ、寄席が歌舞伎《かぶき》小屋になっちまうんじゃないかって、噂《うわさ》してたいそう案じてたんです」

「松風亭玉輔さんが高座に上がるっていうと、若い娘さんたちが沢山、押しかけて、行列ができるほどでしたものね」

おき玖は相づちを打った。

玉輔は女形の春雷とは正反対の容貌《ようぼう》で、眉《まゆ》がりりしく、切れ長の目に気概が溢《あふ》れている。

二人に相応の衣装をつけさせ、舞台に立たせれば、絵になって、惚れ惚れするような女形と立役になるだろうと思われた。

「あたしはそんな玉輔さんが気になって、何度となく、寄席に足を運びました。高座の玉輔さんの噺《はなし》ぶりから、男の色気を学ばせていただきました。男は力強く、潔くなければ美しくありません。男女の両方を演じ分ける、一人二役の〝涙高砂《なみだたかさご》別契《わかれのちぎり》〟で、あたしの立役が評判を取ったのも、この時の寄席通いの賜物《たまもの》でした。ひいては、姿勝負の春雷は女形しかできはしないと、馬鹿にされなくなったのも、玉輔さんあってのことなのです。あたしはずっと、玉輔さんの噺を聴きたかったんで、店を継がれて、噺家を辞《や》めてしまったと、風の便りで耳にした時は残念でなりませんでした」

春雷はふっとため息をついた。

「春雷さん、玉輔さんの楽屋を訪ねなかったの？」

「まさか。会って言葉を交わしてみたいのは山々でしたが、所詮《しょせん》、その時のあたしと玉輔さんでは、身分が違いますから無理な話です」

「正直、わたしは歌舞伎にはあまり興味がなかった。春雷なんて役者の名も知らなかった。歌舞伎ときたら、目に見える姿形や衣装で、浅い芸を誤魔化しているように見えてたから――。ところが、よりによって、女房のおちずが芝居好きで、日々、春雷、春雷と聞かされるようになった。たいした芸だと褒めそやす。それでやっと春雷を知ったというわけで」

五平が話を引き継いだ。

玉輔の妻おちずは、娘義太夫で鳴らした芸人であった。水本染之介《みずもとそめのすけ》と称していた頃のおちずは、一日として休む暇がないほど、あちこちの太夫元が競って、出演交渉を繰り返していた。超売れっ子だったのである。

「それでわたしも渋々、春雷の舞台、評判の〝涙高砂別契〟を一緒に観《み》に行ったんだが、これが素晴らしくて驚いた。春雷の演じ分けときたら、まさに絶品で、一人で何役も演じなければならない噺家でさえも、頭が下がる芸の極みだった。感動したわたしは、是非とも春雷に会ってみたくなって、太夫元に頼んだんです。会って、春雷から玉輔の頃のことを聞いた時は、うれしかったが照れくさくもあった。昇進したとはいえ二つ目で引いたわたしの芸は、とうてい、春雷の芸の深みにはほど遠い」

五平は苦く呟《つぶや》いた。

「そんなことはありません」

春雷が言い切ると、

「それなら、あれを舞台でやれるはずだ」

五平は多少、語調を荒らげた。

「たしかにやってみたい話ではあるんですが——」

「あれなら、お得意の男と女の両方の演じ分けができるし、〝涙高砂別契〟とはまた一味、二味違った面白みが出る」

「今夜は戯作者《げさくしゃ》の松風亭玉輔なのかしら？」

新しい作による舞台の提案を五平がしているとわかって、おき玖は目を輝かせた。

「その話、聞いてみたいわ」

「季蔵さんもよくご存じの話です」

五平は季蔵に振った。

「わたしが？」

首をかしげた季蔵に、

「ほら、あの質屋の大黒屋の土蔵から、お宝が煙のように消えた話ですよ」

五平の目は輝いている。

「舞台にしたら面白いとは思いませんか？」

——なるほどな。元芸人となると目の付け所が違うものだ——

「金の仏像を焼麩《やきふ》でできた贋物《にせもの》とすり替えるという、突拍子もないように見えて、実は出来てしまった仕掛けは、たしかに、驚きがあって舞台には向いていそうですね」

季蔵の言葉に意気軒昂《けんこう》になった五平は、

「跡継ぎ娘とその娘を慕う手代が、手代の幼馴染《おさななじ》みで、明日をも知れない身の上のお女郎さんのため、やむにやまれずしでかしてしまうというのも、なかなか、泣かせる話だと思います。お女郎さんはこれで故郷《くに》の親に金を届けられる、弟や妹は飢え死にせずにすむと泣いて感謝し、疚《やま》しいやり方であったとはいえ、力を合わせた娘と手代の間には、当然、恋が芽生え、お女郎さんこそ死んでしまいますが、二人の恋は成就してめでたく夫婦に。今回は〝涙高砂別契〟と違って、救いがあるんです」

科白《せりふ》まで浮かんでいるようだった。

──やれやれ、舞台ともなると、花柳病《かりゅう》に罹《かか》ったばかりの女郎があっさり、殺されてしまうのか──

季蔵は五平の話作りの才に舌を巻いた。

「絶対、当たりますよ。派手な焼麩の仏像の仕掛けが受けて、〝涙高砂別契〟以上の評判になること請け合いです」

熱心に五平は勧めたが、

「そうですか──」

春雷は笑みこそ絶やさないが首を縦に振らない。

「座頭《ざがしら》がうんと言わないのなら、わたしが上演にかかる掛かりを肩代わりしたっていいんだ。もとより、その覚悟なんだから」

五平の鼻息は荒くなったが、

「今の話を演《や》れば、またぞろ、本当にあったあたしの話ってことになって、春雷はどの店で手代をしてたのかだの、死んだお女郎の墓はどこなんだと、まことしやかに瓦版《かわらばん》屋が書き立てることでしょう。それが辛《つら》いんです。これ以上、お客様を騙《だま》すのはもう止めにしたいんです」

春雷はうつむいてしまった。

三

「春雷さん、あんたほどにおおぼらが有名になると、たしかに嘘《うそ》が一人歩きしすぎて苦しいだろうね」

五平の言葉に、

「あら、涙なくして見ていられない〝涙高砂別契〟の舞台は、本当のことじゃないんですか?」

おき玖は憮然《ぶぜん》とした面持ちになった。

「なーに、見てきたように嘘を演じるのが芸人というものだよ」

春雷の代わりに躱《かわ》した五平に、

「それでも何だか、騙されたみたいで嫌な気分――」

おき玖は唇を尖《とが》らせた。

「それがたまらないんです」

春雷は弱々しい微笑みを浮かべた。

「だが、気持を吐き出すのはそこまでだよ。幸い、ここの店の人たちは〝涙高砂別契〟が嘘だなんて言いふらしはしないだろうが、聞いている方まで苦しくなる。ところでおき玖さん、〝涙高砂別契〟の舞台を見ましたか?」

「ええ、それはもちろん。あたし、春雷さんの芸がたまらなく好きなんです。だから、もう夢中で――」

おき玖は頬を染め、

「そのうち、わたしも見に行きたいと思っています」

季蔵も頷きながら言った。

「この二人も、あんたの芸に惹《ひ》かれてるのさ。お客様だよ。嘘を演じ続けてお客様たちを喜ばすのが、芸人の仕事だと思い定めて、愚痴はもう止《よ》しにしてくれ。それより、折入って、季蔵さんに頼みがあるんなら、今、ここで話すがいい」

五平は話題を転じようとした。

「五平さんから洩れ聞いた話なのですが――」

春雷は切り出した。

「ここは菓子の注文を特別に受けることもあるそうですね」

「ごく稀《まれ》なことですが――」

当惑した季蔵は五平を見た。

「これでも、時折の噺の会が楽しみでね。それが近づくと、一日、廻船《かいせん》問屋の主《あるじ》の仕事を離れて、ぶらぶらと過ごすことにしています。噺のネタを考える時間が欲しくて――。そんな時、ここの下働きの三吉と今川橋で出くわし、ちょうど八ツ刻（午後二時頃）だったんで、汁粉屋に誘ったことがあったんですよ。わたしも三吉も汁粉が大好きで意気投合したんです。季蔵さんが菓子を作ることもあるという話は、三吉から聞きました。桜餅《さくらもち》や希望餅《のぞみ》のような菓子だけではなく、季蔵さんしか作ることの出来ない特別な菓子もあるんだと、三吉はたいそうはしゃいで話してくれたんですよ」

「おとぎ菓子のことでしょうか？」

悲惨な出来事が引き金で引き籠《こ》もってしまった子どもの心を癒《いや》そうと、季蔵が思いついたのがこのおとぎ菓子である。

〝花咲爺《はなさかじい》さん〟や〝桃太郎〟、〝舌切《したき》り雀《すずめ》〟等のおとぎ話の名場面を、色取り取りに染めた練りきりで形どった、食べるのが惜しいほど愛らしく楽しい菓子であった。

季蔵が菓子に拵《こしら》えたおとぎ話を挙げると、

「そうそう、それですよ、それ」

五平は両手を打ち合わせ、

「わたしはいい大人ですから、菓子の話に惹きこまれるなんて、滅多にないんですが、これについては、なぜか、どういうものなのかと、どうしても、気にかかってならず、つい、春雷さんに洩らしてしまったんです」

頭を掻いた。

「聞かされたあたしも興味津々で、是非とも、おとぎ菓子にあやかった菓子を、お作りいただきたいとまで思い詰めました」

春雷は真剣なまなざしを向けた。

「光栄ですと申し上げたいのは山々ですが、なにぶん、わたしの菓子は手慰みのようなものです。あなたほどの方から頼まれれば、どんな老舗《しにせ》の菓子屋でも、いい宣伝になりますから、喜んで引き受けてくれるはずですから、そうなさってはいかがですか？」

季蔵は春雷の顔から目を逸らせ、

「〝中村春雷おとぎ菓子〟なんていう、菓子屋の引き札が、市中のあちこちに配られることでしょうね。もちろん、引き札は色刷りで、お菓子と春雷さんの舞台姿が艶《あで》やかに描かれてて、きっと今年の桃の節句は、そのお菓子が飛ぶように売れるに違いないわ」

おき玖はため息をついた。

「しかし、それでは困るのです」

春雷は目を伏せた。

「どうしてだい？　菓子屋も景気がよくなるし、あんたの人気もここでまた、ぐんと上がるだろうに――。それに何より、こいつを貰《もら》った贔屓筋は大喜びするはずだ」

「それはそうでしょうねえ」

おき玖もうっとりした目になった。

二人とも、春雷が頼みたいと言っている菓子は、贔屓客に配られるものだと信じて疑っていない。

「うちでは、どんなものでも、そう多く数を作れるわけではありませんし――」

季蔵も言い添えた。

「贈る相手は一人です」

春雷は言い切った。

「よほどの惚れ込みようだ。いよいよ、〝涙高砂別契〟が本当になったんだな」

五平は相手は女だと決めつけて、

「なるほど、それなら、商魂たくましい菓子屋になぞ頼めはしないな。そうそう〝涙高砂別契〟のような悲恋は転がっているものではなし、めでたく想いが相手に届いても、隠れて夫婦になるしかない。これぞ、まさに秘め事成就のための逸品でなければ――」

ぶつぶつと続け、

「この通りです。わたしからもお願いします。春雷の想いを叶《かな》えさせてやってください」

季蔵に頭を下げた。

「千両役者の春雷さんにそこまで想われるなんて、いったい、どんな女のひとなのかしら？」

おき玖は気になってならない。

――きっと春雷さんに負けないほど綺麗《きれい》な女のひとのはず――。けど、こんな詮索《せんさく》、おとっつぁんが生きてたら、口にしただけで、はしたないって、平手打ちが飛んできた――

春雷はそんなおき玖の呟きには応《こた》えず、

「お願いします」

五平よりもさらに深く頭を下げた。

――これはよほどのことだ――

季蔵は相手のことよりも、春雷の必死の形相が気がかりであった。

――舞台は見たことがないが、これはたぶん、女形の春雷さんが、生死を賭《か》けて、誰かと言わず何かを、思い詰めている時の顔ではないのか？　ここで芝居をする必要はないのだから、それほど、今、この男は窮地にあるのだ――

「わたしの作る菓子でお役に立つのなら」

季蔵の言葉に、

「よかった、助かった」

あろうことか、春雷は目千両と言われている、切れ長の目から大粒の涙をほろほろとこぼして、

「ありがとうございます」

むせび泣きながら礼を口にした。

「ところで、どんな菓子をご所望なのです？」

――この人には作ってほしい菓子があるはずだ――

季蔵は確信している。

「〝雀、大水《たいすい》に入《いり》て蛤《はまぐり》となる〟という、海の向こうから伝わった俗信があります。秋も深まった頃、海辺で雀たちが群れ騒ぐことから、蛤に変わるのだと信じられたのです。物が大きく変わるという意味です。〝蛤にとくとなれかしましい雀〟という名句もあって、こ

の句の〝かしましい〟が菓子に掛かるせいでしょう、菓子を思いついた人がいたようです。それで、子どもの頃、たった一度、この俗信を模した菓子を賜り、食べることができて、わたしの生きる支えになったのです。ですから、是非とも、その時の菓子に似たものを作っていただきたいのです」

「どんな様子のものです?」

「蛤の中に、羽を膨らませた小さなふくら雀が入っていました。葛《くず》でできている蛤は中が透けて見えていて、ふくら雀は初めて口にした練りきりでした」

「貝が葛で出来ているゆえに、中身が透けて見えるとは、何とも風流なことだ」

五平は唸《うな》ったが、

「風流なぞであるものですか」

春雷の目が怒った。

「実はあたしの故郷は美濃《みの》国で身分は武士、代々郡《こおり》奉行を務めておりました。その菓子を賜ったのは、姫様ばかり五人続いた後、やっとお生まれになった若君のお誕生を祝してのことでしたが、それだけではなかったのです。当時、高須《たかす》藩は大水が絶えず、家や田畑が流されて、三度の食事もままならず、領民の暮らしは悲惨なものでしたから、〝雀、大水に入て蛤となる〟への思いは、田畑を荒らす害鳥の雀が、美味い蛤に変わってほしいという切望でもあったのです。加えて、若君の誕生を機に、続いている災害がおさまるよう、天候が大きく変わってくれればという願いでもありました」

「あんたが元はお侍だったとは初耳だ」

五平は驚いた顔で春雷を見た。

「願いは叶いましたか？」

季蔵は臆《おく》さずに春雷の目を見た。

無言で頭を横に振った春雷は、

「領民の労苦をよそに城中は権力争いの巣でした。領民のため、お助け小屋を増やそうとしたあたしの父は、あらぬ疑いをかけられて切腹、嫡男のわたしにまでお咎《とが》めが下るとわかり、出奔《しゅっぽん》したのです」

厳しい表情で、そこに、自分たちを嵌《は》めた宿敵でもいるかのように宙を睨《にら》んだ。

四

「その時、あたしはまだ十二歳、もちろん前髪も取れてはいませんでした。舞い散る雪の中、冬の寒さが身に沁《し》みました。出て行く時、大銀杏《おおいちょう》の陰から、母が忍びなきつつ見送ってくれました。わたしは生まれて初めて、雪とはここまで冷たいのだと感じたのです。以来、如何《いか》に雪が空を美しく舞っても、愛おしいとは思わなくなりました」

春雷は感慨深げに先を続けた。

――何が傲慢《ごうまん》かと言って、自分ばかり重い荷を背負っていると思い込むことだな――

季蔵は自分の身の上に似て非なる、さらにまた壮絶な経緯にしばし絶句した。

「武家に生まれつけば習うは剣術と学問、さぞかし、役者修業は骨が折れたことだろう」

五平は十歳ほどの子どもを見るかのように目を潤ませた。

「家を出ると夢中で走り続けて国境まで来ました。雪がひどくなって、神社のお堂の縁の下でその夜を越し、隣りの国を歩き続けて、また身を横たえることのできる場所を探しました。そうやって、二晩ばかり過ごしましたが、腹が空いて空いて――家を出る時、察した母がこしらえてくれた握り飯を、とっくに食べ尽くしていたからです。三晩目はお堂を見つけたものの、目が霞《かす》んでそこまで這《は》うように辿《たど》り着いたのです」

――このような来し方に比べれば、とっつぁんと出遭った時のわたしのことなど、恥ずべき行いではあっても、苛《か》酷《こく》と言えるものではない――

季蔵は出奔後、有り金を使い果たし、刀を売り飛ばしても、すぐに飯が食えなくなり、露店でほかほかと温かい湯気を上げていた饅頭に、手を伸ばしかけたことを昨日のことのように思い出した。

「お堂には先客が居ました。商人風の小柄な男でしたが、目つきが鋭く子どものあたしには恐ろしげに見えました。江戸から来ていたその男は、甚平《じんべい》と名乗り、あたしが空腹だということを見抜くと、懐で温めていた握り飯や焼き饅頭を分けてくれました。あたしは相手の身なりがそう貧しげでもないのに、どうして、こんなところで夜を明かすのか、不思議でなりませんでしたが、そんなあたしの胸中を察したかのように、〝俺の仕事は女衒《ぜげん》なのさ、女たちの生き血を吸う、因果な稼業だ。相手に信用してもらわないと商いにならないから、身なりには多少気を使うが、宿に泊まるような贅沢《ぜいたく》はするまいと、金輪際決めているんだ。そんなことをしたら罰が当たるような気がしてね——〟と言いました。なぜか、この言葉が胸に響いて、あたしは自分がどうして、ここで飢え死にしかけているのか、甚平さんにぶちまけてしまったのです」

「十二歳の子どもですもの、無理はないわ。辛《つら》くて切なくて、ご両親が恋しくてたまらなかったんでしょう」

おき玖は片袖を目に当てた。

「甚平さんは何と言ったのですか？」

季蔵は先を促した。

「まず、〝世間知らずだな〟とため息をつき、〝ちょっとばかし、親切にされただけで、べらべら身の上をしゃべるようじゃ、この先が思いやられるぜ。男にしては良すぎるその器量も仇《あだ》になる。親切ごかしに群がってくる、稚児《ちご》好みの悪い奴らにいいようにされて、悪いことばかり覚えた挙げ句、病気でもうつされていずれ野垂れ死ぬだけだ〟とさらにため息を重ねて、あたしを上から下までじろじろと見つめ、〝だが、取り柄はある。おまえさんは足腰が丈夫だろう？〟と念を押してきたのです。あたしが精進の賜物である剣術の腕前を自慢すると、〝そいつは使えねえが、鍛えた身体は使い物になりそうだ〟と頷いて、〝どうだい？　花のお江戸で役者になる気はないかい？　芸事の稽古《けいこ》は厳しいし、才も要るが相撲《すもう》取りと一緒で、人気次第じゃ、一攫千金《いっかく》だ。知り合いに座頭がいてね、酒を飲んだ時に、顔形のいい男の子がいたら、是非、連れてきてほしいと言われていたのを思い出した。その時は女衒に頼むのは筋違いだと、笑ってはぐらかしたが、世話をしてやってもいい。これでも、陰間《かげま》に堕《お》ちて弄《もてあそ》ばれる人生よりよほどましだろう〟と言ったのです。〝お願いします〟、あたしは二つ返事でした。ほかに道などなかったからです」

――わたしが盗《ぬす》っ人《と》にならなくてすんだように、この人もよい出会いがあったのだ――

季蔵は目頭が熱くなった。饅頭代を払ってくれた長次郎に連れられて、塩梅屋《あんばいや》の暖簾《のれん》を潜った季蔵は、元武士では物乞《ものご》いはできず、いずれ首を刎《は》ねられる盗っ人になるくらいだったら、料理人の修業をしてみないかと勧められたのであった。

「甚平さんは命の恩人ですね」

季蔵の言葉に、

「その通りです。昨年、風邪《かぜ》をこじらせて帰らぬ人となりましたが、あたしの成功を喜び、亡くなるまでずっと、舞台を楽しみに観に来てくれていました。江戸での父親のような存在で、あたしを支え続けてくれたのです。そんな甚平さんと会えなくなったのは寂しいことですが、いずれ、また会う日もあるかと思います」

ふっと洩らした春雷に、

「何を縁起でもないことを言ってるんだ、まだまだ、これからじゃないか。もっともっと芸を極めて、お客様たちを楽しませるのがあんたの務めだろう？　駄目だよ、あの世のことなぞ想っては後ろ向きすぎる」

五平は叱《しか》りつけるように励ました。

「すみません。ただ、いつか、そんなこともあるだろうと思っただけで――。実はこの新年、甚平さんの墓参りをすませたばかりで、故郷で自害して果てたはずの父や、骨になっているかもしれない母の供養のことが、ふと、頭をよぎったせいかもしれません。もちろん、これからも芸に精進していくつもりです」

春雷は目で詫《わ》び、

「春雷さんが後ろ向きなわけありませんよ。蛤の中にふくら雀が入ってる、思い出のお菓子をさしあげたい女《ひと》がおられるんですもの――」

おき玖は五平を軽く睨んだ。

この後、季蔵は、

「わたし流に思い出のお菓子を拵えてみます。ただどうにも見当がつかないのが、ふくら雀の大きさなのです。蛤とともに紙に描いてはいただけませんか」

春雷に紙と筆を渡した。

描き終えた春雷は、

「それではよろしくお願いいたします」

五平と一緒に店を出て行った。

翌日、季蔵がこの一件を三吉に告げると、

「あっ」

と叫んで青くなり、

「すいません、ついおしゃべりが過ぎて。あんまし、長崎屋の旦那さんの御馳走してくれる汁粉が美味しかったもんだから、ついつい――」

額の冷や汗を手の甲でしきりに拭《ぬぐ》い、

「おいらのせいで、無理な仕事を引き受けることになったんですね」

春雷が残していった蛤雀の絵を見つめた。

蛤は手の甲ほどの大きさで、ふくら雀は親指の先ほどの小ささである。

蛤が葛で出来ていると聞くと、

「今時分に葛ですか？　葛寄せや葛菓子は夏のもんですよ」

三吉は首をかしげた。

「でも、葛粉で蛤の殻を作らないと、中に入れるふくら雀が透けて見えないでしょう？　それでも、夏にこれを作って配ったりしたら、暑さで溶けてしまうはずよねえ」

おき玖も首を斜めに傾けて、

「あたし、いつ、賜った蛤雀菓子なのか、春雷さんに聞いてきましょうか？」

「春雷さんにとって、まだまだ、故郷の思い出はなつかしいだけではなく、辛すぎるものだと思います」

季蔵は首を横に振り、

「それじゃあ、たびたび思い出させては、気持を乱して舞台に響いてしまうわね」

おき玖は困惑顔になった。

「そうだ」

しばらく思案していた季蔵は両手を打って、

「高須藩は度重なる天災で、田畑が流されたと春雷さんは話していました。夏だから葛粉が使われたのではなく、米粉や小麦粉が賄《まかな》えなかったから葛粉が使われたのです。だとしたら、葛に拘《こだわ》ることはありません」

紙を取り出すと、そこに菓子に見立てる蛤と雀の絵図を描いた。そして、

「後はおまえがやってくれ」

季蔵は三吉に優しい目を向けた。

「おいら一人で？」

三吉は仰天した。

「練りきりやおとぎ菓子は十八番《おはこ》のはずだぞ」

「と言ったって、色ぐらい決めてくれねえと――」

「蛤も雀も茶色でよく似ているから、雀が蛤に変わるという、荒唐無稽《こうとうむけい》な話になったのだろうが――」

季蔵はちらりと三吉を見て、

「俺が決めるとどちらも茶色になるが、いいか？」

ふっと笑って試す口調になった。

五

「駄目、駄目。茶色の雀も蛤も地味すぎて楽しくない」

三吉は目を剝いて、

「新しい年だもの、二枚貝の蛤は色を赤と白に分けて、ふくら雀は山梔子《くちなし》を使って染めて黄金雀にしなきゃ——」

懸命に抗議した。

「その調子なら、この菓子に目出度《めでた》い名を付けられそうだな」

「たしかに、蛤雀菓子じゃあ、お目出度くないわね」

頷いたおき玖が口を挟んだ。

「初春蛤雀菓子ってえのは？」

「雀と蛤は秋の風物だわよ」

「うーん」

三吉はしばらく頭を抱えて唸っていたが、突然、

「この菓子を頼んだのは中村春雷だったよね」

おき玖と季蔵に念を押して、

「あれだけの人気者が頼んだ菓子ってことになると、こりゃあ、やっぱし、千両役者菓子だよ」

「これで決まりね」

おき玖は勢いよく相づちを打ち、季蔵は首を縦に振った。

「菓子の名も決まったことだし、気合いを入れて作り上げてくれ」

季蔵は三吉に千両役者菓子を託すと、その日の仕込みを急いで終わらせ、

「日延べになった料理競べのことで相談をしてきます」

とおき玖に方便を言って　下谷にある富士屋《ふじや》へと向かった。

先々代が食聖とまで称された料理人だったこともあって、富士屋は店構えがどっしりしていて風格があり、表門を入ると、夏は蓮《はす》の花を愛《め》でつつ、美味を堪能できる蓮池が見渡せる。

店構えという点では、今回、競い合ったどの店よりも勝っていた。

商い上手の富士屋では、常に昼餉《ひるげ》も振る舞っていたから、ちょうど今時分は昼時の客が帰って、一息ついたところであった。玄関に立っている下足《げそく》番の老爺《ろうや》が、如何にも手持ち無沙汰《ぶさた》なのがよくわかる。

「いらっしゃいまし」

腰の曲がりかけている老爺の目が輝いた。

名乗った季蔵がお美菜《みな》に取り次いでくれと請《こ》うと、

「女将《おかみ》さんにですか？」

当惑した老爺は奥へ知らせに行き、ほどなく、仲居頭と思われる三十路《みそじ》過ぎの女が、や

や太めの首を突き出した。

じろりと季蔵を見据えて、

「女将さんに何のお話でしょう?」

切り口上この上なかったが、

「実は八百良での料理競べの続きのご相談でまいりました。お奉行様から遣わされた者です」

と言ってのけると、

「それはまあ、ご苦労なことでございます」

がらりと態度を変えた。

——このようでは、ここでは客の待遇もさまざまなのだろう——

季蔵は呆《あき》れた。

「今、すぐ女将さんにお取り次ぎいたします」

仲居頭は転がるように廊下を走り、息を切らして戻ってくると、

「どうぞ、こちらへ」

季蔵は壺《つぼ》や皿、茶碗《ちゃわん》の銘品が並んでいる、典雅な部屋へと案内された。

上座で座布団を勧められて座ると、ほどなく、襖《ふすま》が開いて、主の富士屋銀蔵《ぎんぞう》、お美菜の二人の顔が並んだ。

「その節はお世話になりました」

厨《くりや》に立っていたと思われる銀蔵は、あわてて、外した前掛けをまるめて手にしていた。

そんな亭主の様子をお美菜は冷ややかな目で見ている。

お美菜の方は、化粧も厚く、贅《ぜい》を凝らした縮緬《ちりめん》の着物を着込んでいる。

「これから、芝居見物に行くところだったんですよ」

お美菜は季蔵を睨む代わりにふんと鼻を鳴らした。

「お忙しいところに伺ってすみませんでした」

――よかった、間に合った。塩梅屋さんだって、芝居になぞ行かれてしまっては話が聞けなかった――

「とんでもございません。塩梅屋さんだって、商いでお忙しいでしょうに」

銀蔵はお美菜を促して下座に座り、

「ところで、料理競べはまだ続くのでしょうか？」

童顔を歪《ゆが》めた。

「お上からはそのようにうかがっております」

「何とかもう、このへんで、引き分けのまま、お開きにすることはできませんか？」

銀蔵は手巾《しゅきん》で苦渋の滲《にじ》んだ額の汗を拭《ふ》いた。

「たしかに、これに勝って、お城へのお出入りを許されるのは名誉なことですが、酔壽楼さんがあんなことになってしまった以上、この勝負は何とも、不吉すぎると思われるのです」

「何を弱気なことを言うんです」

お美菜は眉《まゆ》も目も吊《つ》り上げ、

「あなたがそんな風だから、この富士屋はあの八百良に勝てないんですよ。情けない。又兵衛さんが亡くなった今、不正を働いた清水屋さんに、軍配が上がることはまずないでしょうから、うちが勝ったも同然です。この勝負を確実なものにして、次は八百良《やおりよう》を御用達《ごようたし》から追い落とすぐらいの気概を持つべきです。孫娘の婿がここまで根性なしとわかったら、先々代がどれだけ落胆することか――」

廊下にまで響き渡るような大声を上げて、

「塩梅屋さん、あなたは、次の料理競べの日取りや、料理の種類のご相談にみえたんでしょう？　日取りは清水屋さんの都合もあるでしょうから、今すぐには決められないとして、競い合う料理なら案を出すことができますよ」

きっとした挑むような目で季蔵を見据えた。

「料理競べの続行は、酔壽楼さんを手に掛けた下手人をお縄にしてからのことになります」

季蔵の静かな口調で言い放った。

「なるほど」

銀蔵は頷いて、

「ここへは手掛かりを探しにみえたのですね」

「まさか、あたしたちが酔壽楼の又兵衛《またべえ》さんを殺したと、疑っているわけではないでしょうね」

お美菜は一段と甲高《かんだか》い声を上げた。

「わたしたちの目の前で又兵衛さんは亡くなったのだから、疑われても仕方はないだろう」

銀蔵は言い聞かせたが、

「老舗を守り続けてきたあたしたちは、成り上がりの清水屋なんぞとは違います。勝つために競う相手に何かするなんて、あろうはずがありません」

「とはいえ、あなたはさきほど、又兵衛さんがいなくなったから、この勝負は勝ったも同然とおっしゃいました」

「そ、それは――」

絶句したお美菜に、

「あのことをお話ししなさい」

銀蔵の目はおだやかだった。

「あのこと？　いったい、何のことです？」

お美菜が苛立《いらだ》った口調で応えると、

「今、ここであのことを言わないとわたしたちは、人殺しの嫌疑を受けかねない。いいんだ。わたしはとっくに知っていたことだし、だからと言って、おまえを愛おしく思う気持は、夫婦の契りを交わした時と変わりはないのだから――。おまえは勝ち気な家付き娘であるだけではなく、料理の善《よ》し悪《あ》しについて、優れた目を持っている。その目は料理だけではなく、身なりや化粧、流行《はや》り物、風物等のありとあらゆる、この世の華に注がれている。その中に、咲いている男の華があってもおかしくはなかろうよ。華とは無縁、生真面《きまじ》目《め》なだけが取り柄で、どこと言って面白みのない亭主に、よくよく嫌気がさしたのだろう」

さすがに銀蔵は目を伏せた。

――銀蔵さんは知っていたのだな――

季蔵はお美菜の引き攣《つ》った顔を見守り続けた。

しばらく、よく光る目で季蔵を見つめていたお美菜だったが、

「あたしと又兵衛さんは男女の仲でした」

急に肩を落として、

「女は料理人になってはならない、料理人の婿を取れというのが先々代からの言い付けでしたが、あたしは、幼い時からそれが不満でした。ですから、大根のぜいたく煮を、江戸の名物料理にしてしまった又兵衛さんに会うと、一目で惹《ひ》かれました。二代目も男ならこまでやれるのだと、眩《まぶ》しくて羨《うらや》ましくて――。ところが、いざ、男と女になってみると、あの人ときたら、料理人として、先代を越えて、名を揚げるのにどれだけ苦労してきたかの愚痴話ばかり。同じように老舗を背負って生まれてきても、婿を取ればすむ女は気楽だ、あたしが羨ましいと言っては、大酒を飲む始末でした」

そこで季蔵は、

「あなたの方から愛想を尽かしたのですか？」

と訊いた。

六

「それがね」

お美菜は深々とため息をついて、

「それなら、気がせいせいしてよかったんでしょうが、癪《しゃく》なことに、別れようと言い出したのは向こうの方だったんです。あの男《ひと》、女房が身籠《みご》もったからって——。寝耳に水でしたよ。いろいろめんどうなことを言う気むずかしい人だけど、あたしだけを愛してくれてるって信じ込んでましたから。どうして、部屋を別にしてるはずの女房を孕《はら》ませることができるのかって、責め立てたら、〝すまない、おりんは終生俺の恋女房なんだ〟って、泣き顔になったんです。あたしはそこで初めて、自分とのことはふとした気の迷い、ようは遊びだったんだとやっと気がつきました。口惜《くや》しいやら、情けないやらで、自分に愛想が尽きました」

お美菜は唇を嚙《か》みしめた。

——これは又兵衛さんを手に掛ける、充分すぎる理由だ——

季蔵はお美菜を凝視した。

「殺したいほど口惜しかったのは本当で、首を絞める夢も何度か見ましたけど、だからって、あの男を殺しちゃいませんよ。そんなことをしたら、富士屋の暖簾《のれん》に傷がつきます」

お美菜は思いきり顎《あご》を引いた。

「ところで、どうして、あなたは女将に起きていることをご存じだったのですか？」

季蔵は銀蔵の方を向いた。

――二人の仲を知っていた銀蔵さんも、又兵衛さんを手に掛けていないとは言い切れない――

「酔壽楼に、古くからいる板前の浩吉《こうきち》が主のことを案じて、わたしのところへ教えに来てくれたんですよ。浩吉は女将さんのおりんさんの傷心ぶりを、たいそう、心配していました。わたしは脆《もろ》いところのある、お美菜の気性をよくよく承知しており、又兵衛さんの男の華を、支え続けることなぞ出来はしないとわかっておりましたから、〝大丈夫だ、これは一時の花火みたいなものだよ。二人とも、いずれは自分たちの気の迷いに気づいて、戻るべき場所へ帰ってくるだろう〟と言ったんです」

「あんた――」

お美菜は、はっとした表情で、穏やかそのものの銀蔵の顔を見上げた。

――お美菜さんを心底愛していて、自分のところへ帰ってくると信じていた銀蔵さんが、又兵衛さんを殺すとは思えない。となると、やはり、又兵衛さんを亡き者にしたのは、可愛さあまって憎さ百倍のお美菜さんに宿った、夜叉《やしゃ》の心なのだろうか？――

季蔵が思いあぐねていると、

「旦那《だんな》様」

廊下でさっきの仲居頭の声がした。

「八ツ時を過ぎましたので、皆でたれ餅《もち》をいただきますが、召し上がりますか？」

「たれ餅はうちの賄いの一つですが、美味しいですよ。飛騨《ひだ》の出のわたしが持ち込んだもので、小腹の空いた時には何よりです。召し上がりますか？」

季蔵が応える前に銀蔵が勧めた。

「それでは是非」

ほどなく運ばれてきたたれ餅は、潰《つぶ》した米飯を俵型に丸め、網でこんがりと焼き、醬油と砂糖を煮て、葛粉でとろみをつけたたれをかけて供された。

「故郷ではたれに赤味噌《あかみそ》も少々入れ、粉山椒《こさんしょう》を振りかけることもあります。同じように作ってみたところ、お美菜にそんなのは田舎臭いと叱られたので、今はこの味に落ち着いています」

「潰した米飯の食感は、焼いた握り飯とまた、一味違うのでしょうね」

「病人や歯の悪いお年寄りでも楽に食べられます」

頷いた銀蔵は優しい目になって、

「これにはほうじ茶が合うとされているのですが、それもまた、故郷でのことでして
――」

運ばれてきたのは濃い緑茶であった。

「ここは江戸で田舎ではありませんからね。うちは料理屋富士屋なんですし」

こほんと咳払《せきばら》いしたお美菜は、普段のやや、険のある表情で銀蔵をちらりと見た。

「こんな垢抜《あかぬ》けない食べもの、本当は賄いにもしたくないんですけど、余り物でできる上に、たいそう奉公人たちに人気なんで、仕方なく作るのを許してるんです。あたしが付き合うには、もう、これがないと——」

お美菜は片袖から漆塗《うるしぬ》りのなつめと小さな匙《さじ》を取り出した。

なつめを掌《てのひら》にのせて、蓋《ふた》を取ると、

「ここに入っているのは富士屋粉です」

お美菜はじっと中を見て、笑みをこぼした。

「またの名を胡椒粉《こしょう》。元は薬種の一つでしたが、先々代が鶉《うずら》団子や鶏《とり》料理に使ったのがはじまりです。当時は流行りに流行って、松茸《まつたけ》飯にも添えられたそうですが、いつしか忘れられてしまっていました。使いこなせる料理人がいなかったんですよ。富士屋の天才料理人の隠し味だというのに、何とも残念です。それで、あたしは、女だてらに先々代の真似《まね》はできないまでも、何とかこうして、富士屋粉を今に蘇《よみがえ》らそうとしているんです」

「お美菜はさまざまな料理に使っているようです」

銀蔵が指摘すると、

「これを一振りするとね、田舎臭い料理でもそこそこ食べられるんですから、不思議ですよ」

　お美菜は小さじで富士屋粉をたれ餅に、二杯、三杯、四杯とたっぷりと振りかけ、なつめに蓋をして片袖にしまうと、

「山椒とも、唐辛子とも違う、深みのある辛味が何ともおつなのよ」

　箸を手にした。

「それではわたしも」

　季蔵もたれ餅の載った皿を取り上げた。

「どうぞ」

　お美菜は富士屋粉を勧めたが、

「それは後で試させてください」

　断り、たれだけの餅を味わった。

「美味しいですね」

　たれ餅はどこか、なつかしく温かい味がした。

「焼いた握り飯が尖《とが》った若い味だとしたら、これは丸く練れたいい味です」

　変事は季蔵がそう、言い終えたとたん起きた。

「ひっ、く、苦しい」

　手から箸を取り落としたお美菜が、胸を押さえてのけぞった。

「だ、大丈夫か？」

銀蔵があわてて助け起こす。

季蔵はお美菜のたれ餅の皿を見た。

富士屋粉のかかったたれ餅は、綺麗《きれい》に平らげられている。

——これはもしかして——

季蔵はお美菜の片袖から落ちて、畳の上に転がり出たなつめを拾った。

この後、急いで、かかりつけの医者が呼ばれた。しかし、もう、その時には、医者は坊主頭を横に振り、頭《こうべ》を垂れるばかりだった。

「お美菜、お美菜」

諦《あきら》めきれずに何度もその名を呼んで、取りすがっていた銀蔵は、

「いったい、どうしてこんなことになったのか——」

虚《うつ》ろな目を医者に据えて、

「心の臓が悪かったのか、それとも、卒中か——」

恨めしげに呟いた。

「それはあり得ません。心の臓に病はなく、まだ、お若く、卒中を患うお年齢《とし》でもありませんから」

そう言って、医者は銀の匙を取り出すと、お美菜の口に差し入れ、黒く変わった色を見せて、

「これは毒によるものです」

きっぱりと言い切った。

「毒ですって？」

銀蔵はぶるっと肩を震わせた。

「それではまるで――」

「酔壽楼さんと同じです」

言いかけた先を季蔵が引き継いた。

「しかし、誰がどうやって、うちのお美菜にまで毒を盛ったというんです？」

銀蔵は季蔵を見据え、

「又兵衛さんの時もあなたは居合わせていましたね」

今までとはがらりと変わって、探るような視線を投げつけてきた。

「お美菜さんを亡き者にした張本人はこれだと思います」

季蔵は懐にしまったなつめを取り出した。

「ここに入っていた富士屋粉に、毒が仕込まれていたに違いありません」

「しかし、それは始終使うので、お美菜が肌身離さずにいたものですよ」

なおも銀蔵は季蔵に疑わしい目を向けている。

「それでは、まずは、これが毒入りであるとはっきりさせましょう」

季蔵は八百良で試したように、鼠《ねずみ》の入った籠《かご》を用意させた。そして、残っていた皿のたれ餅に、お美菜の富士屋粉をかけ、籠の鼠たちに食べさせてみた。

又兵衛が毒死させられた時同様、鼠たちは次々に動かなくなった。

「これは――」

銀蔵は、やっと納得した。

七

「ご存じのように、わたしはこのなつめを、今日初めて、お美菜さんから見せていただきました。毒を入れる機会がわたしにはございません」

「まさか、あなたはうちの店の者の仕業だとでも？　わたしも疑われているのでは？」

銀蔵は声を震わせた。

「その可能性はあります。けれども、店の者やあなたの仕業だと断定することはできません」

季蔵は漆塗りのなつめにしげしげと見入って、

「このなつめは最近、もとめられたものですか。お美菜さんは先々代をたいそう敬っておいでしたから先々代ゆかりのなつめを使われていても、おかしくはないように思われますが――」

首をかしげた。

「先々代は生前、富士屋粉を入れていたゆかりのなつめを肌身離さず大事にしていたので、旅立ちの時、棺桶《かんおけ》に入れたと先代に聞きました。自分でも言っていた通り、お美菜は先々代に倣《なら》っていたんです」

「先々代のなつめはどのようなものだったのでしょう？」

「長く使っていたので、古びた風格はあったそうですが、絵柄等もなく、あなたが手に取られているものに近かったはずです」

「お美菜さんは富士屋粉を入れるなつめまでも、先々代の好みを真似ていたのですね。ところで、これをどこでおもとめになったのでしょう？」

「聞いたことはございませんが、たぶん、もとめたのは神田鍋《なべ》町に住む塗師《ぬし》のところだと思います。先々代からあちらとはつきあいがございます。椀《わん》や盆などを注文しています。腕のいいろくろ師たちと取引があるので、安心して頼むことができるのです」

木地師ともいわれる流浪のろくろ師に作らせた椀や盆、重箱に、漆を塗って仕上げるのが塗師であった。

「塗師の名は？」

「今ではけやき屋という店を構えています。主《あるじ》は塗師の三代目で、頑固で気が荒いのが玉に瑕《きず》ですが、間違いのない仕事ぶりです」

「それではわたしはこのへんで。今はもう、料理競べどころではなくなりました」

お美菜の骸《むくろ》に手を合わせて、季蔵が立ち上がると、

「待ってください」

銀蔵が追いすがって、

「あなたは料理競べを続けるためには、酔壽楼さんを殺した下手人を捕える必要があるとおっしゃいました。それがお役目であるとも――」

「その通りです」

「だが、また、お美菜がこんな酷《むご》いことになってしまいました。富士屋は婿のわたしではなく、先々代の血を引く孫娘のお美菜あってこそです。わたしにはもう、勝負など続ける気力はありません。お美菜なしで闘うことなどできはしないんです。となると、料理競べに関《かか》わって動いているあなたは、又兵衛さんやお美菜を殺した憎き奴を、突き止めるお役目ではなくなるのではありませんか。とかく、お上のやり方はそんなものです」

銀蔵はぎりぎりと歯を噛みしめ、

「お願いです」

畳の上に両手を突いて、

「可愛いお美菜をこんな目に合わせた下手人を、一刻も早くお縄にしてください。お願いです、お願い――」

涙声で懇願し続けた。

季蔵は危うく飛び出しそうになった、〝わたしに任せてください〟という言葉を呑《の》み込み、

「お気持、よくわかります。お美菜さんがこのなつめを最後に使ったのはいつだったか、それを思い出してください。それは大事なことです」

と訊くと、

「酔壽楼さんがあんなことになってしまったからでしょう、〝辛いものが目に沁《し》みるから嫌だわ〟と言い、お美菜はしばらく、富士屋粉の入ったなつめを封じてしまっていました。今日の朝、〝富士屋の跡取り娘ともあろうあたしが、こんなことでは御先祖様に申し訳ない。今日からは辛くたって平気よ、平気よ〟と、自分を奮い立たせるように、片袖からなつめを出して見せてくれました。富士屋粉の入ったなつめはお美菜の命みたいなもので、厨に入ってわたしの仕事ぶりを見ている時も、神棚にぽんと載せるのです。お美菜は、〝これは味付けに使うだけではなく、先々代の目だと思ってちょうだい〟なぞと、真顔で言って、奉公人たちを震え上がらせたもんでした」

と言い、

「八百良の厨でも同じことをなさったのでしょうか？」

「まさか、いくらお美菜でも、他人《ひと》様の神様のお世話になろうとするほど、図々しくはありません。自分たちが使う竈《かまど》のそばに置いたはずです。竈の神様の力をいただこうとしたのでしょう」

これを聞いた季蔵は、

――二人を殺した毒はすでに、料理競べ前に仕掛けられていた。これは間違いない――

心の中で鋭く呟いたが、

――とはいえ、この事実を今、ここで、声高には言えない。又兵衛さんは殺されたことになっていないから、あるいはこのお美菜さんも――。これらが、お上の威光の元に行われた料理競べでの惨事である以上、必ず下手人をお縄にするなぞと迂闊《うかつ》な請け負いをしては、かえって後々、酔壽楼さんやこの富士屋さんに難儀が降り掛かりかねない。料理競べで、町人が殺し合ったとなれば、お上の威信に傷がつき、三軒連座して厳罰が下されるかもしれぬからだ。下手人さえも公にされず、表向き、二人は病死として届けられた方がよいのかもしれない――

季蔵はなつめを懐に入れ、紙と筆を借り、事情をしたためた文を書き、富士屋の小僧が、烏谷《からすだに》のいる北町奉行所まで走って行くのを見届けて、富士屋を後にした。

神田鍋町の裏店《うらだな》にある塗師けやき屋は気をつけていなければ、通りすぎてしまいそうな小さな店であった。

店とは名ばかりで、土間の棚の上に商品が一列並んでいるだけである。

土間を上がった畳敷に分厚い眼鏡をかけた四十過ぎの主が座って、びくびくと盆の底を塗っている小僧と向かい合い、鬼とでも勝負しているかのような気合いの入った様子で、椀塗りに精を出していた。

「塗りは性根を据えねえと駄目だぞ」

「はい」

小僧の手が震えて、手にしていた刷毛《はけ》を取り落とした。

「馬鹿野郎」

主の罵声《ばせい》が飛んだところで、

「お邪魔いたします」

季蔵は声をかけた。

「注文なら、今日はよしとくれ。こいつがヘマばかりするんで、気が立っちまって、仕事を受ける気がしなくなった」

小僧はこのすきにとばかりに奥へと姿を消した。

名乗った季蔵は、

「注文ではないのですが、お訊きしたいことがあってまいったのです。富士屋の旦那様から申しつかってのことです」

富士屋の名を聞くと、

「訊きてえってことは何なんだ？」

さすがに気の荒い主もうんと頷いて、煙草盆《タバコぼん》に手を伸ばした。

「富士屋の女将さんが使われている、このなつめのことです」

季蔵はなつめをのせた掌を突き出した。

「胡椒入れにしてるなつめだな。これはあの滅法気の強い女将に、先々代の祖父さんが使ってたのと同じものを作ってくれと強引に頼み込まれて、仕方なく、祖父さんが残してた絵図を、押し入れから探しだして、ろくろ屋に頼んで作ってもらって塗ったもんだよ」

「最近、これと同じものを注文しに来た人はいませんでしたか？」

「そういや、いたよ」

もうすっかり、観念した様子の主は煙管《キセル》からぷかりと煙を吐き出した。

「どんな人でした？」

「どうということのない町人の男だ。富士屋の女将さんが持っているなつめを見て、気に入ったんで、どうしても作ってくれと言った」

「受けられたのですか？」

「生真面目そうな感じの悪くねえ客だったんで、あれを売ってやった」

主は煙管を手にしたまま、立ち上がって土間に下り、棚を指差した。重箱が二つ並んでいる。

——どこになつめがあるというのだ？——

季蔵が狐《きつね》に抓《つま》まれた想《おも》いでいると、棚に近づいた主は、まずは左手前の重箱の蓋を取り、

「ほら、これだよ」

お美菜が持ち歩いていたものと寸分違《たが》わぬなつめを見せた。

「ほら、ほら」

残った重箱の中にもなつめは入っていた。全部で五個のなつめが並んだ。

「富士屋の女将さんから注文された時、頼んだろくろ屋が数を間違えて作ってきちまってね。女将さんに納めたほかに六個残った。それで、まあ、重箱に入れて片づけといたんだ。

もう、何年も前のことで、売ってくれって客が来るまではすっかり忘れてたよ」

「六個残っていて、一個、欲しいという人に売ったのは間違いありませんね」

季蔵が念を押すと、

「俺はまだ呆《ぼ》けちまう年齢《とし》じゃねえぜ」

主は憮然《ぶぜん》とした。

この日、塩梅屋に戻ると、

「お願いがあります」

三吉が神妙な顔つきで季蔵の前に立った。

「あれから、千両役者菓子の材料を揃《そろ》えました。今夜、お客様さんが帰ってから、ここで作らせてもらいたいんです。おいら、もう、作りたくて作りたくて腕がむずむずしてならないんです」

「あたしからもお願いよ」

おき玖も加勢した。

「わかった。明日の朝、見るから頑張って作れよ」

季蔵は笑顔で頷いた。

そして、翌朝、塩梅屋に出てみると、おき玖は飯を炊きあげ、小松菜とあぶらげの汁を用意して待っていた。夜なべをした三吉は小上がりにごろりと横になって、ぐっすりと眠りこんでいる。

三吉の顔の涙の筋が乾いていないことに気がつくと、

「三吉はね、飛びっきりの千両役者菓子にしたいって、何度も作り直してたわ。途中、蛤や雀に染めて形を作る練りきりが、足りなくなるかもしれないって、初めからそのつもりで、練りきりに使う隠元豆《いんげんまめ》を余分に戻しておいといたのね。あの子、だんだん、料理の技だけじゃなく、心がけまで一人前になってきたわ」

季蔵の後ろにいたおき玖がそっと微笑んだ。

八

「季蔵さん、見てあげて」

おき玖は三吉が作りあげた菓子を収めた、折箱二箱のうちの、一箱の蓋を開けた。

季蔵が覗き込むと、紅白に染まった蛤の殻が蝶《ちょう》の姿そっくりに開いていて、蝶番《ちょうつがい》に黄金色の小さなふくら雀が止まっている。

「見事でしょう」

「たしかにぐんと腕を上げましたね」

「蛤の蝶番の上に乗ってるふくら雀が可愛いわ。ただし、雀が蛤に変わったようには見えないけれど」

「それは三吉のせいではなく、わたしが描いた絵の通りに仕上げたからです」

「あら、あたし、昔の言い伝えに添ってないのはおかしいなんて、言っちゃいないのよ。春雷さんから聞いた蛤雀の話は、なるほどと思わされたけれど、秋の夕暮れ時の海辺で雀が蛤に変わるなんて話、気味が悪くて嫌だもの。葛の中に雀が入ってるお菓子なんてのも、何だかね。食べたくない。だから、あたしは季蔵さんが考えた蛤雀の形の方が好きよ。これだとまるで、蛤が夫婦でふくら雀が子どもみたいに見える。子どもの雀が二枚貝の夫婦をつないでいるみたい。明るくてほのぼのしてて、年の始めにふさわしい縁起物になってて、食べるのは勿体《もったい》ないけど、でも、やっぱり、舌舐《したな》めずりして手が出てしまう、最高よ」

おき玖は絶賛した。

すると、

「ああ、腹減った、腹――」

三吉が目を覚ました。

「朝餉《あさげ》にしましょう。でも、その前に顔を洗ってきてね」

おき玖に言われ井戸端へ行く三吉に、

「よく頑張ったな」

季蔵が労《ねぎら》いの声をかけると、

「ありがとうございます」

三吉は、にこっと笑い白い歯をみせた。三人で摂《と》る朝餉が始まると、三吉は、ぽりぽり

と沢庵の音を立てながら、

「美味いなあ、夜なべの後の炊きたての飯は——」

などと呟きながら、飯椀を何度もおき玖に突きだした。

「食った、食った」

三吉の腹がくちくなったところで、季蔵は出来上がった菓子を早速、木挽町《こびきちょう》にある森田座の楽屋へと届けさせた。

一刻（二時間）と経たずに戻ってきた三吉は、

「これから舞台だってえ、春雷さんを間近で見たよ。一人二役で評判の〝涙高砂別契〟だよ。聞いてるほどの煌《きら》びやかな姿じゃなかったけど、惚れ惚れするほどいい男前だった。おいら、この世に季蔵さん以上の男前はいねえと思ってたけど、上には上がいるもんだと感心した」

興奮気味に口走って、

「当たり前だろう」

季蔵は苦笑した。

「それでこれ——」

三吉は懐にしまっていた五両と文を出して季蔵に渡した。

「それはそれは春雷さん、千両役者菓子を気に入ってた。目がぱちぱちしてたの、泣きそうになってたんじゃないかと思う。泣くほど喜んでたんだ。おいらのことも、いい腕だって、とっても褒めてくれて、こっちまで泣きそうになった。これは菓子のお代だって渡された。春雷さん、おいらにまで、駄賃をくれたんだけど、貰っていいかな」

「それはかまわないが――」

季蔵は代金の多さに驚きつつ、以下の文に目を落とした。

塩梅屋様

胸中に秘めた想いを形にしてくれてうれしい限りです。ついては、正木町の裏店に住む女髪結いおみつのところへ、出来上がった菓子をお届けいただければと思います。

中村春雷

「菓子は正木町のおみつさんという女《ひと》のところへ届けてほしいそうだ」

「おいら、届けてくるよ。駄賃を貰っただけじゃなく、春雷さん、おいらを京橋水谷町にある春雷さんとこへ遊びに来るよう、誘ってくれたんだよ。近くを美味い夜鳴き蕎麦屋が通るんだって。舞台は昼間だけ、夜には家に居て、おまけに宵っぱりだから、是非、店が退《ひ》けた後、立ち寄ってくれってさ。おいらのこと友達みたいに扱ってくれたんだ。届けるくらい朝飯前だよ」

「おまえの気持はわかるが、こちらはたいした額のお代をいただいてしまった。ここは主のわたしが出向くべきだろう」

季蔵は前掛けを外した。

「届ける先って、想い女《びと》のところよね」

おき玖は訊かずにはいられなかった。

「正木町のおみつさんは、女髪結いで暮らしを立てておられるようです」

「女髪結いと今をときめく中村春雷？」

おき玖は目を丸くして、

「あたしはてっきり、春雷さんと並んでも艶やかな姿でさまになる、吉原の花魁《おいらん》か、芸者衆の一人かと思ってたわ」

「女髪結いだって、悪かないとおいらは思うよ。きっと、綺麗な女《ひと》に決まってる。おいらを友達扱いしてくれた春雷さんのことだもの、おみつさんが地味な女髪結いでも気になぞしなかったのさ」

自信たっぷりに三吉は言い切った。

――たしかに三吉の言う通りかもしれないが――

釈然としないものを感じつつ、季蔵は正木町へと足を向けた。

歩を進めるうちに、

――正木町といえば、勝二さんの家がある近くだった――

ふと気がついた。

――倅のために、玉川に若水を汲みに行く母親が住んでいると聞いたな――

そんな話を思い出しながら、目当ての裏店の木戸門に立ち、潜り抜けようとした買い物帰りの女たちに、おみつの家の場所を訊くと、

「女髪結いのおみつさんなら、あの若水信心のおみつさんだろ」

「あれには困りものさ。しゃべって、食ってばかりいないで、おみつさんの爪《つめ》の垢《あか》でも煎《せん》じたら、少しはうちの孫も手習いが上手になるだろうにって、謝儀（月謝）を出してる、亭主のおっかさんにちくちくいびられる」

「なんせ、おみつさんの倅の亮太ときたら、六つで手習い所に通い始めてから、ずうーっと、一番を続けてる、こりゃあ、神童だってことになり、わざわざ席書を買いにくる商人がいるの、いないのって騒ぎになってる。そんな子とうちらのガキを比べるのは酷《こく》ってもんさ」

なおも、女たちはおみつ母子の話で盛り上がり続け、

「お住まいはどこでしょう？」

いよいよ痺《しび》れを切らした季蔵が繰り返したところで、

「あそこ、あそこ、手前から二番目だよ」

やっとおみつたちの住まいの前に立つことができた。

「ご免下さい」

声を掛けると、

「はい」

すっと油障子が開いて現れた女は、年齢《とし》の頃は二十五、六歳、女髪結いだけあって、一筋の乱れもなく髪こそ整えていたが、小柄な身体は痩《や》せ細り、色黒の笑い顔に幾筋もの苦労の皺《しわ》が目立った。如何にも暮らしに疲れた印象である。

「これを言付かってまいりました」

季蔵は包みを開いて、菓子の入った重箱を手渡した。

「中村様からこちらにだけ特別に作るよう頼まれたものです。勝手ながら、千両役者菓子と名づけさせていただきました」

蓋を取ったおみつは、ぱっと顔を輝かせて、

「これがあの男《ひと》がなつかしんでいた、蛤と雀のお菓子なんですね」

しみじみと洩らして、潤みかけた目を人差し指でそっと拭った。

「あの男の芸が大成するまで、別れ別れに暮らそうと決めた時、あの男、このお菓子を届けたら、一緒になれる日も、遠くないと思ってくれってあたしに言ったんです。その時、あたしのお腹《なか》にはあの男の子がいました。時折、暮らしのための金子《きんす》は届けられてくるものの、別れた日から会ったことは一度もありません。夢を売る人気役者に女房子どもは御法度ですもの。あたしはこんな干し芋みたいな女だし――。けど、あたし、あの日、〝俺の実家はとっくに断絶してしまっているだろうが、亡き両親への供養のため、生まれてきた子が男の子なら、何としても、どこぞへ仕官させてやりたい。そのためにも、学問に精進させてやってくれ〟と頼んだあの男の言葉を、決して、忘れずに亮太を育ててきました。

でも、まさか、あの男が、干し芋のあたしを忘れずにいてくれたなんて――。こんな日が来るなんて、まるで、夢のようです」

「あいにく、中村様の思い出のお菓子と瓜二つというわけにはまいりませんでしたが、お心は込められているはずです」

――奇《く》しくも、雀が蛤に変わる言い伝えの菓子が、親子の絆《きずな》を示す菓子になった。これはわたしも、わかっていて描いた絵図ではなかったから、物事には人智を越えた何かがあるのだろう――

季蔵はしばし厳粛な気持になった。

するとそこへ、

「只今」

亮太が帰ってきた。

幼い頃の春雷を想わせる、賢そうな、端整な面差しで、礼儀正しく季蔵に挨拶《あいさつ》をすると、蓋の開いたままの箱の中の菓子を見て、

「おっかさん、今日はいやにうれしそうですね」

うれしそうな母親を見るのが、これまた、うれしくてならないという様子で笑顔をこぼした。

「ええ、今日はうれしくてならないの」

おみつが泣き笑いで応えると、

「理由《わけ》は訊きません。訊かない方がうれしさが長く続くような気がするから」

さらにまた、千両役者菓子に見入った。

九

――これで親子はやっと幸せになれる――

おみつ親子の長屋を出た季蔵は、胸のあたりがほかほかと温かくなり、まだ冷たいはずの北風が全く気にならなかった。

――あの当代きっての人気役者春雷さんが、一粒種を立派に育ててきた隠し妻と添おうとしているなどと、誰も想いはしなかっただろう――

季蔵は自分のことのようにうれしかったが、塩梅屋へ帰ろうと歩き始めると、

――世の中は心弾むことばかりではない――

胸の温かみが消えた。

すり替えたとしたら、あそこしかない。季蔵は池の端へ向かった。

まだ芽を吹いていないしだれ柳の近くに出合茶屋の奥野《おくの》はある。共に殺された又兵衛とお美菜が密会していた場所である。

「お願いいたします」

玄関で声を掛けると、

「はい」

小声で出迎えた四十絡みのひょろりと首の長い女主は、

「お連れは後からで？」

客と間違えたが、お上のお調べであると事情を話すと、

「こちらへ」

渋々、小部屋へと案内してくれた。

奥野で半刻（約一時間）ほど話を聞いた季蔵は、

――これだけは、どうしても、今日のうちに終わらせてしまいたい――

木母寺《もくぼじ》の酔壽楼へと向かった。

酔壽楼の店先では、顔色の悪いおりんが土産《みやげ》物の魚の味噌漬けを売っていた。悲しみに必死に耐えている、けなげな横顔が美しいだけに何とも痛々しい。

一方、次から次へと客たちが訪れて、土産用にと、油紙で包まれた魚の味噌漬けをもとめて帰る。たいていは使い走りの奉公人たちで、次に多いのが女たちだったが、中には女房にせっつかれて訪れた様子の男たちの姿もあった。

大根のぜいたく煮が派手な表看板なら、魚の味噌漬けはまさに地道な裏看板であった。

「ご繁盛ですね」

季蔵は声を掛けた。

「浩吉の漬けている樽が食べ頃に仕上がったものの、店を閉めたままでは、お客様方にいらしていただくわけにもいきません。捨てるのはあまりに勿体ないし、どうしたものかと

思い悩んでおりましたところ、土産の味噌漬けだけでもいいから、どうしてももとめたいと、お客様たちにおっしゃっていただけたんです。有り難いことです」

「店の方はいつ開けられるのです？」

「せめて四十九日が過ぎてからと――。家が悲しみを吸ってしまっているかのようで、とても、まだ――」

おりんは唇を噛みしめてうつむいた。

「季蔵さん」

二人の話し声を聞きつけた浩吉が顔を出した。

「そろそろ、おいでになる頃だと思って用意をしておりました」

「自信作の鮭《さけ》の味噌漬けですね」

「ええ、是非、召し上がっていただこうと思い、漬け頃の今日明日においでなければ、お持ちするつもりでした。どうぞ、こちらへ」

浩吉は線香の匂《にお》いが立ちこめている家の中へと案内してくれた。

「弔いも終えたというのに、女将さんが、仏間を開け放し、線香を焚《た》くのを止めないものですから。女将さんは悲しみ続けることで、旦那様を忘れまいとしているかのようです」

浩吉と季蔵は竹林の見渡せる部屋で向かい合った。

「少しの間、お待ちください。只今、とっておきの鮭を焼いてまいりますので」

小半刻（三十分）ほど過ぎて、浩吉は盆に載せた角皿に、香ばしく焼けた鮭の切り身を盛りつけて戻ってきた。

「どうぞ、召し上がってください」

言われるままに箸を手にした季蔵は、一口摘んで口に運び、

「もちろん塩引きの鮭ではなく、と言って、何度か口にしたことのある生鮭でもなく、こちらの味噌漬けの鯛《たい》なども異なり、いわく言い難い美味さです。例えてみれば、鴨《かも》の肉に初めて舌が出遭った時のような――。恐れ入りました」

知らずと頭を垂れていた。

「それはそれは」

浩吉はにこにこと笑い、

「下魚の鰺《あじ》や鯖《さば》も試していただきたいところですが、そちらのご都合もありましょう。土産に包ませます」

ほどなく土産の包みが運ばれてきた。

「さて――」

浩吉は笑顔を崩さず、

「御用向きは鮭の味噌漬けの賞味だけでしたら――」

季蔵を促して、立ちあがりかけた。

「待ってください」

季蔵は鋭い目を向けた。

「富士屋の女将さんが亡くなった話はお聞き及びですか？」

「いいえ」

浩吉は目を伏せて、

「何せ、主を失ったこちらはてんやわんやでございましたから」

「又兵衛さんと同じように毒殺されたのですよ。わたしは今、出合茶屋の奥野まで、そのことで話を聞きに行ってきたところです」

季蔵は片袖からお美菜が使っていたなつめを取り出して、

「見覚えがあるはずです」

浩吉に詰め寄った。

「ございません」

浩吉は見ようともしない。

「そんなはずはありません。その時のお客さんは、お美菜さんたちだけだったので分かったのだそうですが、奥野の女将さんは、二人が帰ってほどなく、訪ねてきたあなたをその物腰から不義の二人を気遣っている忠義者と思い込んで、お美菜さんが忘れていった、けやき屋のなつめを預けたと言っています。この忠義者というのは、又兵衛さんの後を尾行《つけ》ていたあなたですね」

浩吉は無言である。

「女はいろんな物を男にねだるから、この場合も、無くなったなつめが、不義の証《あかし》になってはと、女将さんは案じたのだそうです。なつめを預かった翌日、あなたはまた、奥野を訪ね、〝やはり、これはそちらで預かっておいて、女の方に渡してください〟と言って返したそうですね。女将さんは、〝これは少々、おかしなはからいだが、まあ、人はさまざまで、その方がいいこともあるのだろう〟ぐらいに考えて、そのようにしたのです」

「わたしがそのなつめに毒を入れて、返したとでも言うのですか？」

浩吉は怒りの籠《こ》もった目を向けてきた。

「奥野の女将さんがお美菜さんになつめを返したのは、師走《しわす》のことです。なつめの中の富士屋粉に恋着していたお美菜さんが、その後、亡くなるまでこれを使わなかったとは考えられませんから、その時は毒入りではあり得ません。となると、あなたが毒を仕込んだのは、料理競べが行われた日の八百良の厨です。主の又兵衛さんの竹筒に仕込むのはいともたやすかったでしょうし、料理競べの前、わたしたちは別の場所で一堂に会していましたので、あなたがお美菜さんのなつめを毒入りとすり替えることなど、朝飯前だったはずです」

「すり替わっていたなぞという今の話は、季蔵さん、あなたの勝手な憶測です。あの時、毒を仕込めたのはわたしだけではありませんし、酔壽楼の旦那様が亡くなった後から、富士屋の女将さんがそんなことになるまで、日にちが経《た》っています。毒は富士屋の誰かが、仕込んだかもしれないのではありませんか。あの方は誰からも好かれる気性の方でもなかったようですし――」

「お美菜さんのご亭主の銀蔵さんは、又兵衛さんの死後、お美菜さんはしばらく涙を誘う富士屋粉を断っていて、亡くなった日の朝、それをまた使うとおっしゃったそうです」

「お美菜さんの近くにいる銀蔵さんなら、毒を仕込むことなぞたやすいはず」

浩吉は上目づかいに季蔵を見た。

「それはあり得ません」

季蔵は言い切って、

「近くにいる人なら、なつめをすり替える必要などありはしないからです」

「すり替わっていなければ、あり得ることでしょう？　毒は昨日、こっそり、仕込まれたものかもしれない」

「いいえ、間違いなく、すり替わっていました。そうでなければ、あなたがわざわざ、神田鍋町の塗師を訪ねる必要などなかったのですから」

「神田鍋町の塗師――」

みるみる浩吉の顔から血の気が失せた。

「あなたは奥野から預かったなつめを返しに行った時、どうして、そこに毒を仕込まなかったのです？　そうしていれば、わざわざ、塗師のところへ頼みに行くこともなかったはずで、こうして、わたしに言い立てられることにもならなかったのではありませんか」

浩吉はうなだれたまま、

「季蔵さん、あなたも料理人ならわかっておいでだ」

声を低く落とした。

「お美菜さんが御先祖の威光を振りかざすことは嫌味だったとはいえ、天才料理人の先々代が工夫した富士屋粉には、料理人として、少なからぬ敬意を払っていたのではないかと思います」

季蔵は思うところを口にした。

「そうでした」

浩吉は顔を上げた。

その目はもう怒っても恐れてもおらず、諦めに似た穏やかな光を放っている。

「その通りです。お美菜さんの持ち物のなつめの富士屋粉に、どうしても、毒を仕込むことができませんでした。会ったこともない先々代の魂が入っているような気がして。それで、注文して作ってもらおうと塗師を訪ねたところ、同じものを分けてもらえたのです。おっしゃったように、旦那様の竹筒に毒を入れるのは簡単でしたし、お美菜さんの富士屋粉のことは、茶店に寄った時、富士屋の奉公人たちが話しているのを聞いて、厨に入る時には、必ず神棚に置くのだと知ったんです。八百良での時は神棚になかったので多少、あわてましたが、竈の上にあったのをすぐに見つけました」

「なにゆえ、このようなことをなさったのです？」

「わたしは先代の頃から、ずっとここで奉公してまいりました。骨身を惜しんだことはなく、そのことは又兵衛旦那も認めてくださっていて、いずれ、暖簾《のれん》分けをしていただける約束を取り付けておりました。わたしが旦那様がお美菜さんと理《わり》ない仲になったとわかった時、女将さんのおりんさんにお知らせしたのは、実は以前から、女将さんを想っていたからです。気むずかしい旦那様は、気に入る料理ができない時なぞ、〝おまえは疫病神だ〟と酒に任せて、女将さんを罵《ののし》るのが常でしたから、お気の毒でならず、それがいつしか男の想いに変わっていました。ですから、そんな旦那様が不義まで働くようになっては、女将さんは今に愛想を尽かして、この家を出て、わたしと一緒になってくれるのではと、持ってはいけない希望《のぞみ》を持ったのです。ところが女将さんとの子が出来たとわかると、旦那様はお美菜さんと別れ、酒を控えて、父親になる決心をされました。正直、わたしはがっかりしましたが、それでもまだ、この時には女将さんの幸せを願う気持は残っていました。女将さんへの想いに蓋をしなければならないと決め、旦那様に暖簾分けをお願いして、新しい道を歩もうと思いました。あろうことか、旦那様は首を横に振って、〝酔壽楼はぜいたく煮さえあればいい。おまえは富士屋に移って、魚の味噌漬け作りに励んでくれ。これは俺とお美菜とで決めたことだ〟とおっしゃったんです。がーんと頭をかち割られたようでした。思い余って、わたしが〝魚の味噌漬けは先代から受け継いだ、酔壽楼の大事な技です〟と言うと、〝先代からの味噌漬けの味はおりんに守らせる。お美菜が目をつけているのはおまえが賄いに作っている、鰺や鯖なぞの下魚の味噌漬けだ。あれなら下魚しか買えない連中が、その目新しさに喜ぶに違いないから沢山売れるだろうと、商い上手のお美菜は見込んだんだ〟と返してきました。〝どうして、そこまでお美菜さんの言うなりになるのですか?〟と訊くと、〝――この約束を守らなければ、自分たちのことをなかったことにはしない、瓦版屋に売ってしまう、ぜいたく煮の酔壽楼の醜聞はまたたく間に八百八町に轟《とどろ》くことだろう、なに、あたしの方は何しろ、跡取り娘だし、今の富士屋はあんたほど名が売れてもいないから、あんたほど失うものは多くない――とお美菜に言われた〟と応えて、しょんぼりと肩を落としたんです。聞いているうちにわたしはあまりに勝手がすぎると、むかむかしてならず、暖簾分けはしてもらえずとも、小さな居酒屋ならやれるはずだと、かけまわってみたんですが、駄目でした。旦那様とお美菜が示し合わせて、わたしが勝手なことができないよう、江戸中の酒屋と味噌屋に酒や味噌を売らせないようにしたからです。それがわかった時です、二人を手に掛けようと決めたのは――。料理競べはそれを実行するいい舞台でした」

――たしかに酷すぎる話ではある――

季蔵がうつむいたのは思わず、浩吉に同情したからである。

――といって、人を殺《あや》めていいという道理はない――

「思えば、わたしは人ではなく、鬼になっていたんですね。せめて、最期は人に立ち戻らせてください」

そう口走った浩吉は、だしぬけに、季蔵が膳の上に置いたなつめを取り上げると、蓋を開けて、残らず一気に呷《あお》ると、竹林に向かって放《ほう》り投げた。

「浩吉さん」

駆け寄った季蔵に、

「料理に毒を振りかけたくなかったんですよ」

浩吉はにっと笑い、

「こ、これを富士屋さんに返しておいてください」

震える手で懐からすり替えたなつめを出して渡し、

「そ、それから、このことは女将さんには内緒に――」

と続けた。

最期の言葉は、

「暗くなんかないよ、秋刀魚《さんま》の糠漬《ぬかづ》けが見える。あれを食べなきゃ――秋刀魚の糠漬け、糠漬け――」

浩吉を看取った季蔵は、浩吉から渡されたなつめを片袖にしまうと、

「女将さん、浩吉さんが突然倒れられました。卒中のようです」

おりんを呼びに行った。

何日かして、季蔵は料理競べに関わって起きた事件の顛末《てんまつ》を、訪れた烏谷に知らせた。

「なるほど、そうであったか。すでに酔壽楼又兵衛と浩吉、富士屋の女将は病死と届けが出ておる」

こともなげに烏谷は頷き、

「まあ、これで引き分けとなり、それもまたよかろう。これに懲《こ》りて、城中への出入りを許されていない料理屋たちが、出羽守《でわのかみ》様への行き過ぎた賄賂《わいろ》を続けなくなるだろう。だが、いずれ、町名主を通じて庶民たちには相応の威光と慈悲を示さねばならぬ。酔壽楼の魚の味噌漬け、富士屋の卵焼き、清水屋の天麩羅《てんぷら》を折詰めにするのも悪くない。お上が買い上げるのだから、この連中も懐が潤う上に名が揚がって、ますます、商売繁盛、脅しなど八百良への妬《ねた》みもなくなるだろう。ただし、たいした出費だ。これは応える」

顔をしかめた。

だが、すぐに、料理競べで食べ損ねたはずの、大根の重ね焼きを季蔵が作って勧めると、

「これは美味い、絶品ぞ」

舌鼓を打ち続け、

「そもそも、この試みは城中への出入りを決めるだけのものではなかった。大奥に関わって、つけねばならぬ始末があってな。そのための布石だった。今に大奥の総取締役の滝川《たきがわ》様が流罪となり、出入りの呉服屋梅屋《うめや》は取り潰《つぶ》しの上、死罪、梅屋が贔屓にしている役者たちも、長持ちに身を隠して男子禁制の大奥へ忍び入った罪で、同罪となる。何日か後に大奥の七ツ口に運び込まれる長持ちが暴かれ、その場で動かぬ証を摑《つか》むことになっておる。こうなれば、小屋の役者たちは連座したものと見なされて全員死罪だ。呉服屋はともかく、人気役者たちが裁かれては、町人たちの不平不満が募る。今回の試みは厳罰への不満を緩和させるためのものだった」

と真の目的を告げた。

聞いていた季蔵は春雷の身の上が気になる一方、

――まだ、起きてもいないことを話すとは、お奉行にしては軽口がすぎる――

烏谷が帰った後、もしやと思って、三吉に訊くと、

「おいら、お奉行様に春雷さんと友達になったことをつい、自慢しちまったんだ。もちろん、あの千両役者菓子の話もしたよ。季蔵さんから聞いてた届けた相手のことも――。お奉行様ったら、〝そんなに美味そうなのに、一つしか作らなかったのか、そいつは残念だな〟って、涎《よだれ》を垂らしそうな顔をしてた。やっぱりいい人だね、お奉行様って」

無邪気に応えた。

――なるほど――

得心がいった季蔵は、この夜、春雷の家まで出向いて、迫っている身の危険を報せた。

話を聞き終えた春雷は、

「役者は贔屓筋との縁は切れません。わたしだけではなく、皆、梅屋さんの言いなりになって、大奥の御女中方と親しむしかなかったのです。でも、いつか、こんなことになるだろうとは覚悟しておりました。実を申しますと、何日か後、長持ちに潜むのはわたしなのです。嫌な予感がしておりまして、今生《こんじょう》の別れになるかもしれないと思い、おみつや亮太にあの菓子を作ってもらったのです。捕らえられても、わたし一人が裁かれれば済むと思っていたのは間違いで、わたしが見つかれば、皆も連座になるとは思ってもみませんでし

た。皆のためにも、あなたの報せを無駄にしないようにいたします。ありがとうございました」

緊迫した面持ちで深々と頭を下げた。

梅屋吉右衛門《きちえもん》が華美な振る舞いを理由に、身代を没収された上、江戸所払《ところばらい》の刑に処せられたのは五日後のことであった。

死罪に比べれば軽刑である。

それから一月ほど過ぎて、

「大奥の七ツ口の長持ちには、鼠一匹、生きものは乗っていなかったそうだ」

大根の重ね焼きが美味いからまた、食べさせてくれと訪れ、離れに通った烏谷が告げた。

「滝川様は職を退かれ、京へ帰られて髪を下ろされるそうだ」

役者たちへのお咎《とが》めはなかったが、人気絶頂の最中、突然、姿を消してしまった中村春雷を惜しむ声はしばらく止まなかった。

――家族が一緒にさえいられれば、それだけで充分なはずだ――

「やれやれ、これで出費が嵩《かさ》むこともなくなった」

大奥絡みのお咎めが軽く終わったとあって、お上の威光と慈悲を示す、配り物は中止となった。

烏谷は大きく伸びをして、

「気になったので調べさせたが、酔壽楼の女将が、身重ながら、頑張って商いを続けているそうだ。富士屋は昼膳に限って、頼めば、たれ餅が付くようになったという。清水屋は近々、料理競べで引き分けにまでなったというのを売りにして、大根の重ね焼きを鶉だけではなく鴨でも客の好みに応じて出すそうだ。そうなると、わしも是非、本家本元に行って食べてみようと思っている」

と言い、ふと思い出したように洩らした。

「調べさせた者が面白い話を聞き込んできた。横山町の大黒屋では、弥生《やよい》になったら行われる、婿取りの婚礼の引き出物に、金に見える焼麩の仏像を出すというのだ。何でもお宝の金の仏像を模したものなのだそうだ。大黒屋では代々、神と崇めている代物だと聞いた。どんなものかと興味はあるが、食ってみようとは思わない」

――あれは結末のいい話だった――

知らずと笑顔になった季蔵は、

――人にはそれぞれ、貫きたいもの、寄せている想いがある――

浩吉の今際《いまわ》の際《きわ》の言葉をしみじみと思い出していた。

――せめて、わたしが秋刀魚の糠漬けを味わって、浩吉さんへの供養に代えたい――

「寒くなってきたな」

烏谷はずるりと大きな身体を炬燵《こたつ》に滑りこませた。

季蔵は縁側に立った。

隙間風《すきまかぜ》が入らぬよう、引き戸の加減を調えようと、戸を引くと、外は知らぬ間に雪が積もっていた。

さらさらと細かな雪片が空を舞っている。

――今のこの雪なら、春雷さんもう、嫌ったりしないだろう――

季蔵は心の中で手を合わせ、春雷たち親子の末永い幸せを祈った。

〈参考文献〉

『お江戸の意外な「食」事情』 中江克己（PHP文庫）
『釣った魚で干す。練る。漬ける。燻す。』 つり情報編集部編（辰巳出版）
「和草子百珍」展 （虎屋文庫資料展）
『京野菜と料理 京都料理芽生会編』（淡交社）

本書は時代小説文庫（ハルキ文庫）の書き下ろし作品です。

時代小説文庫

わ 1-15

大《おお》江《え》戸《ど》料《りょう》理《り》競《くら》べ 料《りょう》理《り》人《にん》季《とし》蔵《ぞう》捕《とり》物控《ものひかえ》

著者　和《わ》田《だ》はつ子《こ》

2011年12月18日第一刷発行

発行者　角川春樹

発行所　株式会社 角川春樹事務所
〒102-0074 東京都千代田区九段南2-1-30 イタリア文化会館

電話　03(3263)5247［編集］　03(3263)5881［営業］

印刷・製本　中央精版印刷株式会社

フォーマット・デザイン＆シンボルマーク　芦澤泰偉

ISBN978-4-7584-3625-0 C0193

http://www.kadokawaharuki.co.jp/［営業］

fanmail@kadokawaharuki.co.jp［編集］　ご意見・ご感想をお寄せください。

和田はつ子
雛の鮨
料理人季蔵捕物控
書き下ろし

日本橋にある料理屋「塩梅屋」の使用人・季蔵《としぞう》が、手に持つ刀を包丁に替えてから五年が過ぎた。料理人としての腕も上がってきたそんなある日、主人の長次郎が大川端に浮かんだ。奉行所は自殺ですまそうとするが、それに納得しない季蔵と長次郎の娘・おき玖は、下手人を上げる決意をするが……(「雛の鮨」)。主人の秘密が明らかにされる表題作他、江戸の四季を舞台に季蔵がさまざまな事件に立ち向かう全四篇。粋でいなせな捕物帖シリーズ、第一弾!

和田はつ子
悲桜餅《ひざくらもち》
料理人季蔵捕物控
書き下ろし

義理と人情が息づく日本橋・塩梅屋の二代目季蔵は、元武士だが、いまや料理の腕も上達し、季節ごとに、常連客たちの舌を楽しませている。が、そんな季蔵には大きな悩みがあった。命の恩人である先代の裏稼業〝隠れ者〟の仕事を正式に継ぐべきかどうか、だ。だがそんな折、季蔵の元許嫁・瑠璃が養生先で命を狙われる……。料理人季蔵が、様々な事件に立ち向かう、書き下ろしシリーズ第二弾、ますます絶好調!